転生したら魔王の娘

うっかり最凶魔族をスキルで魅了しちゃって甘すぎる溺愛から逃げられません！

三浦まき

23798

角川ビーンズ文庫

Reincarnated to devil's daughter

Contents

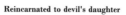

ゼル・キルフォード
序列2位。
鉱物を操り、最強の武器を
生み出すことができる。
メノウに対して
塩対応だったはずが……？
メノウ・ヴィシュタント
序列3位。
魔王ババロアの娘で、
魅了の力を持つ。
前世は交通事故で
亡くなった会社員、九條美咲。

ラディム・レイラント

リーヴァロバーの人間。
魔王の娘と知りながら、
メノウに好意を抱く。

ヴィヴィティア・ハルト

序列13位。
氷を操り、高い戦闘能力を持つ。

ロザリア

リーヴァロバー国王の側室。

魔族の国ヴィシュタント

現魔王は平和主義者で、
400年以上他国と争いを
していない。

人間の国リーヴァロバー

ヴィシュタントと隣接する国。
友好関係を保っていたが……

うっかり
最凶魔族をスキルで
魅了しちゃって
甘すぎる溺愛から
逃げられません！

転生したら魔王の娘

Reincarnated to devil's daughter

Characters

本文イラスト／横山もよ

序章　平和な世界

最後に聞こえたのは、耳に刺《さ》さるような車のブレーキ音。直後に走った全身の痛み。目に映った空がかすみ、すべての感覚が消え意識をなくした。と思ったけれど、ほどなくして無になった視界が光を取り戻《もど》した。明るい部屋。天蓋《てんがい》付きのベッド。身じろぎをすると体がやわらかい布団《ふとん》に沈《しず》むが、広々としたそれはとても病院のものとは思えない。

（ここは……？）

手をついて上半身を起こすと、自分の腕《うで》が目に入った。日焼けしていない白い腕と細い指。両手を見下ろした時とろりと肩《かた》から流れてきたのは、蜂蜜《はちみつ》みたいな金髪《きんぱつ》だ。

（これ……私？）

意識がぼんやりしているが、確か自分は黒髪《くろかみ》で、もう少し日に焼けた肌《はだ》をしていたはず。

（私……私は……）

九條美咲《くじょうみさき》だ。確か、友人と会った後の帰り道で、車に轢《ひ》かれたはずだ。

（でも、私生きて……それに、どこも痛くないし。もしかして、夢……？）

車に轢かれたことが夢だったのか、今が夢なのか。それとも、どちらも現実か。

（まさか……死んで生まれ変わった、とか？　それにしてはもう大人の体みたいだけど）

とはいえ夢と理解するには、やけにはっきりとした視界だ。やはり生まれ変わったのだろうかと考えて、じわじわと胸が熱くなってきた。

（もしかして私、まだ生きられるの……？　人生をやり直せるの？　もしそうなら、今度こそ平和で穏《おだ》やかな人生を――）

そう思って顔をあげた時、広い室内にある二人の姿が目に飛び込んできた。

一人は恐怖《きょうふ》に青ざめ床《ゆか》にへたり込み、壁際《かべぎわ》まで追い詰《つ》められた鎧《よろい》姿の男。

そしてもう一人は、剣《けん》を持ち男の前に立つ黒衣の、銀髪《ぎんぱつ》の男。男が持つ剣先からは、やけにリアルな映画のように、真っ赤な鮮血《せんけつ》が流れ落ちていた。

「――っ！」

驚《おどろ》きすぎて声すら出なかった。異様なことに、男たちには大小の差はあれど、耳の上からツノが生えている。パニックになりかけるが、誰《だれ》かの動く気配に視線を動かした。もう一人鎧姿の男がいたようで、ベッドの下から美咲に手を伸《の》ばしてくる。肩に怪我《けが》を負っているらしく勢いはないが、美咲の顔に触《ふ》れようとしているのか。それが顔ではなく首を摑《つか》もうとしているのだと気づいた時、男と美咲の間にナイフが飛んできた。

――ビイイイィィィィン

（ひ……ひいいいいい！）

鼻先を過ぎ、真横の壁に刺さったナイフを見て震《ふる》えが走る。ナイフには血がついており、美咲に触れようとした男は傷ついた自分の手を握《にぎ》りうずくまっている。

おそるおそるナイフが飛んできた方向を見れば、剣を手にした男がこちらを向き、ナイフを投げたと思われる手をこちらへ伸ばしていた。

どうやら美咲が歓喜《かんき》した新しい人生の平和は、目覚めて三秒で終わりを告げたようだった。

第一章 理想

（に……逃《に》げるべきか、命乞《いのちご》いをするべきか）

状況《じょうきょう》が分からないので、どう動けば正解なのかが分からない。

（ひとまずは、ここを切り抜《ぬ》けないと――！）

美咲の願う平和な人生を送る送らない以前に、このままでは人生が終わる。

（平和な人生……）

ここで目覚める前の、最後の時間を思い出す。

もともと穏やかな人生を望んでいた美咲だが、職場の派閥《はばつ》争いから逃げ回り無所属を貫《つらぬ》いた結果、ここ一ヶ月、いじめに近い量の仕事を押しつけられていた。そして傷心のところに旧友から誘《さそ》いがあって喜んだのもつかの間、妙《みょう》な壺《つぼ》を売りつけられて、その壺を抱《かか》えたまま帰り道で車に轢かれたのだ。

哀《かな》しい――虚《むな》しい人生だった。

決して誰とも衝突《しょうとつ》を起こさず平和に生きてきたつもりだったが、その結末はといえば、いじめられ利用され、悲しんでくれる友人一人も思い出せないという、なんとも侘《わ》びしいものだった。

（周りの顔色ばかりを気にして自分を押し殺した結果があれなら、いっそ今世では、自分の意思を大事に、平和な生活を手に入れたい……！）

しかし今世では、精神的な平和どころか物理的な平和もないらしい。

そもそもここはどこなのかと、部屋に視線を走らせた。住んでいた六畳《じょう》ワンルームの部屋が十個くらい入りそうな広々とした部屋。金を基調とした調度品があるが、数は少なく、美咲がいるベッドと、鏡台、そして洗面台があるくらいだ。色調は派手だが、生活感がない。

それよりなにより、あの男たちだ。鎧を着た男二人と、剣を持っている男。争いの後なのか、二本の剣が部屋の隅《すみ》に落ちている。美咲に近づこうとした男も、ナイフを投げられた後はあきらめたかのように動こうとしない。いずれの男にもツノがあるが、特に銀髪の男から生えるツノが二人よりも大きく風格があった。

ひときわ目立つその銀髪の男は、二十代前半に見えた。今は彼の前にいる男に剣を向けている。人を殺すことに戸惑《とまど》いがないのか、顔には怒《いか》りも憎《にく》しみもなく、淡々《たんたん》と剣を振《ふ》り下ろしそうな気配がある。次に彼が剣を振り上げれば、床にいる男たちの命が消えるだろう。

現実感のないまるで一枚の絵のような光景だが、それが絵画でないことを示すかのように、剣先からぽたりと血が滴《したた》る。その瞬間、思考を現実へと引き戻され、「ひっ……」と悲鳴を漏《も》らした。剣を持つ男の視線がこちらへ向けられる。

（わー！　私の馬鹿《ばか》！　危険な人を見かけたら、見ない、音を出さない、興味を持たない、それが鉄則なのに！）

おまけに路上で見る不審《ふしん》人物とは、危険度は比較《ひかく》にならない。なにせ頭にツノがある、血のついた剣を手にする人物だ。

（こ、殺される……）

しかし男の興味はあくまで目の前の男なのか、美咲から視線が外れ、壁際の男へ戻った。ほっとすると同時に、男は殺されるのだろうかと考えた。見れば、まだ二十歳《はたち》にもなっていなそうな青年だ。銀髪の男を前に涙《なみだ》を浮《う》かべガタガタと震えるばかり。彼を見ているうちに、過去の感情が呼び起こされた。電車で酔《よ》っぱらいに絡《から》まれた女性を、助けたくても動けずうつむいていた苦い思い。不当に叱《しか》られる同僚《どうりょう》を助けられず、後からそっと声をかけることしかできなかった罪悪感。いつも目立たないように、場の空気を壊《こわ》さないように、息をひそめ行動し続け、そして結局最後、自分は幸せになれたのだろうか。

「――あ、あの！」

声を出すと、男がこちらを向いた。おそろしく整った顔立ちだが、仮面をつけているかのような無表情だ。銀髪だが、光の加減によっては金にも見える白に近い銀髪だ。ツノは優美な曲線を描《えが》いており、現実感がなく、これはやはり夢ではないかと思えば、かろうじて口をきくことができた。

「そ、その、剣を下ろされては、ど、どうでしょう……その方も、何かするつもりはなさそうですし……」

みっともないくらいに声が震えた。驚いたように目を見開くのは、床に座る男のほうだ。

銀髪の男は表情を変えないまま、美しい唇《くちびる》だけを動かす。

「この男を、逃がせと？」

初めて聞く男の声は、綺麗《きれい》だが温度がなかった。

（お、怒《おこ》ってる……？　それともこれが、この人の普通《ふつう》……？）

そうこうしている間に逃げてくれればいいのに、彼らは呆然《ぼうぜん》として動く気配がない。美咲が視線を送ると、近くにいた男のほうがハッとしたように声をあげた。

「退《ひ》くぞ！　彼女が目覚めたというなら、ここにいる意味はない」

「え？　でも、なんで急に……それに、なんか前と印象が……」

「いいから退くぞ！」

怪我をした肩《かた》を庇《かば》いながら一人の男が出ていくと、床に座り込んでいた男も、慌《あわ》てて立ち上がり、床を蹴《け》るようにして部屋の外へ出ていった。

銀髪の男も彼らを追い部屋を出るかと思ったが、特に動く気配はなかった。血のついた剣を持ったままこちらに向き直る。一歩、二歩と近づいてくる姿を見て、「殺される」の四文字が頭の中を埋《う》め尽《つ》くした。しかし、せっかく人生をやり直すチャンスを手に入れたのだ。なんとしてもここは生き延びなければ。

「あ……あ……その、あなたは、なんでさっきの人たちと、争っていたんでしょうか？」

男が自ら退いてくれる可能性にかけ、彼の目的を探《さぐ》る。

「魔王様《まおうさま》からメノウを守れと命じられたので」

（まおう？）

それは、ゲームとか漫画とかで見かけるあれだろうか。魔物《まもの》や何かのトップに立ち、やたらと強く傲慢《ごうまん》で、勇者にしか倒《たお》せないというあれ。

（それにしても、メノウ……）

なぜだか耳に馴染《なじ》んだその響きに意識を持っていかれた時だ。男がさきほどより広い歩幅《ほはば》で美咲に近づいてきて、声にならない音が喉《のど》からひゅっと出た。

ベッドの上で座ったまま後ろに下がるが、すぐに壁に背がついた。

（ダメだ――せっかく生きられたのに、殺される――！）

壁《かべ》に追い詰《つ》められたまま、うつむいて強く目を閉じた。彼が会話を再開してくれるわずかな可能性に期待するが、次に美咲が感じたのは、右頬《みぎほお》に触《ふ》れる手の感覚だった。

「――――っ！」

驚《おどろ》きすぎて震《ふる》えもしなかった。何かを確かめるように、頬を撫《な》で、顎《あご》に触れる。うつむいていた顔を持ち上げられて弾《はじ》かれたように目を開くと、自分を見下ろす青い瞳《ひとみ》と目が合った。

「――――」

おそろしく綺麗だが冷たい瞳に、心臓がひやりと氷で撫でられるような感覚を覚えた。もうダメだ、という思いと共に、心臓がバクバクと悲鳴をあげだす。

(こ、殺される――！)

美咲の目を見つめる彼が、かすかに目を見開いた。やがて美咲から手を離《はな》すと、もう片方の手に握《にぎ》っていた剣《けん》を鞘《さや》におさめ、ベッドの前に片膝《かたひざ》をついた。

「メノウ様……ついにお目覚めになったのですね……！」

「え……？」

さきほど感情が見えなかった時とはまったく異なり、男は愛《いと》しい誰《だれ》かを見つめるかのように、頬を紅潮させうるんだ目で美咲を見上げている。

「ご気分はいかがでしょう。空腹は？　喉の渇《かわ》きはございませんか？」

「え……えっと……」

(今、なに聞かれたの？　空腹？　いや、今は空腹とか喉の渇きとかより、安心できる数メートルの距離《きょり》がほしい)

帯剣《たいけん》した男と一メートルの距離とか、心臓がいくつあっても足りない。すでに一つは悲鳴をあげ潰《つぶ》れそうだというのに。何か答えなければと口を開くが、なんの言葉も出てこない。美咲の様子を見て、男は悲しそうに顔を歪《ゆが》めた。

「ああ……おかわいそうに。震えて……よほどあの男たちが恐《おそ》ろしかったのですね。ですが、大丈夫《だいじょうぶ》です。私がおります。どんな危険も決してあなたには近づけません」

「あ……えっと……ど、どうも……？」

目の前にいる危険そのものが何かを訴《うった》えかけてくるが、唐突《とうとつ》すぎて頭が処理できない。怯《おび》えたままの美咲に、彼は違和感《いわかん》を覚えたようだ。

「どうなさいましたか？　……まさか、私が分からないのですか？」

「その……す、すみません」

図星を指されてうろたえつつも、美咲は素直《すなお》に謝った。

男は息を呑《の》み美咲から視線をそらしたが、すぐにそれが美咲に気を遣《つか》わせるものだと思ったのか、彼は落胆《らくたん》を押し殺した笑顔《えがお》でこちらを見た。

「メノウ様が謝罪されることなど何もございません。長い間眠《ねむ》っておられたのです……私の配慮《はいりょ》が足りませんでした。私は、ゼル・キルフォードです。今は魔王様の命であなたの護衛についております」

「護衛……？」

「はい。こうしてメノウ様をお守りできること、心から嬉《うれ》しく思います……！」

殺人鬼《さつじんき》かと思われた男――ゼルは、目を細めうるんだ瞳で美咲を見つめてくる。ふと、最近SNSで見た男性コスプレイヤーのことを思い出した。目の前にいるゼルは、加工修正もなく素の状態でいながら、二次元にいる存在のようだ。白い肌《はだ》に神秘的な銀の髪《かみ》と、宝石のようにきらめく青い瞳。まつ毛は長く目元にはホクロがあり、色気を感じる外見だ。仮に頭に生えるツノがなくても、二次元の存在に見えただろう。

（護衛、ということは……）

どうやらゼルは味方らしい。そういえばさっきも、メノウを守れと命じられたと言っていた。もしもメノウというのが美咲のことであれば、あの男たちを追い払《はら》ったのも、美咲を守るためなのだろうか。

（ていうか、メノウって……）

やはり聞き覚えがあると思い思考を巡《めぐ》らせようとした時、開いていた扉《とびら》の向こうから大声が聞こえた。

「ゼル様――！」

激しい足音の後、ブレーキ音の聞こえそうな勢いで扉の前に少女が止まった。ショートボブの赤髪。フリルのついた茶色のワンピース。羊のようなくるんとしたツノが愛らしい。そのツノさえ除けば喫茶店《きっさてん》でパフェでも食べていそうな少女は、摑《つか》みかからんばかりにゼルへ詰め寄った。

「あれだけ今日こそは会議に出てくださいって言ったじゃないですか！　どうしてここにいるんですか!?　どうせメノウ様はじきに死んで――……」

視界の端《はし》に美咲の姿を見つけたのか、少女はこちらを見て、目を見開き固まった。赤い髪と同じ色の、炎《ほのお》のような瞳だ。

「メノウ様……？　え？　なんで……意識、戻《もど》ったんですか？」

「あ……ええと……」

どうやら、自分がメノウという人物なのは確定のようだ。おそろしく外見の整ったゼルと、意志の強そうな少女。二人を前に気後《きおく》れしつつなんと言おうか考えていると、ゼルは美咲の前に立ちふさがった。

「ヴィヴィ、メノウ様はたった今お目覚めになったばかりだ。落ち着かれていないところで騒《さわ》ぐな。私はメノウ様についているから、後はそっちでうまく――」

「うまくやれるわけないじゃないですか！」

部屋に飛び込んできた時の剣幕《けんまく》を取り戻し、ヴィヴィと呼ばれた少女が男を睨《にら》みあげた。小柄《こがら》だが、帯剣するゼルにひるむ気配はない。

「私みたいな小物にうまくまとめられるわけがないでしょう。いいですか？　ディース様は攻《せ》め込めばいいの一点張りだし、もう少し様子を見ようとおっしゃってたファーガス様も考えを変えてきてるし、フィーナ姉妹は魔族《まぞく》こそ神と証明しようとか頭空っぽな発言するし、このままいけば戦争ですよ戦争！」

（戦争……？）

「あ、あの……戦争って、この国が攻め込まれる、とか……ですか？」

平和とはほど遠い単語に、気になってつい聞いてしまう。なぜかヴィヴィには怪訝《けげん》な目で見られたが。

「はい、そうです。正確にはうちが攻め込んで、向こうが攻め返してくるって構図ですけれど」

（うち……向こう……？）

「ヴィヴィ、そういう話は後にしろ。メノウ様はずっと意識不明の状態だったんだぞ。そのせいか、今は記憶《きおく》も混乱されている。しばらく政治めいた話は……」

「あ、いえ、でも」

前世なら退《ひ》いていたところだろう。しかしそれでは、得たい情報も物も手に入れられず、また流されるばかりの人生になってしまう。美咲は遠慮《えんりょ》がちに彼らに告げた。

「その、私が……聞きたいです。えっと……戦争が起きるんですか？」

今世で平和に生きるなら、少なくともこの世界の状況把握《じょうきょうはあく》は必要だろう。逃《に》げ回ってばかりでは平穏《へいおん》な人生を送れないということは、前世で嫌《いや》というほど体験した。

「メノウ様……お体は大丈夫なのですか？　ヴィヴィの話にはメノウ様が受け入れがたい話もございます。もしも無理をされて、また倒《たお》れるようなことがあれば……」

心配そうにゼルに見つめられてたじろぐが、ここで退くわけにはいかない。

「だ、大丈夫です。平気です。だから、その……話を、聞かせていただいても？」

美咲が遠慮がちに聞くと、ゼルが小さく息をついた後、ヴィヴィに鋭《するど》い視線を向けた。

「メノゥ様が意識を失っている間の出来事だ。説明するならちゃんとしろ」

ヴィヴィは彼にも怪訝な目を向けたが、あらためて美咲に説明してくれた。

「今この世界で起きようとしているのは、魔族の国ヴィシュタントと、人間の国リーヴァロバーの戦争です。交渉《こうしょう》に行かれた魔王《まおう》様がリーヴァロバーから戻らない以上、会議で決まれば侵攻《しんこう》開始です」

（人間？　魔族？　よくは分からないけど……）

「なんでそんなスケールの大きそうな戦争が……」

「きっかけは、あなたが意識不明の状態で返されたからですね」

「私？」

「魔王の娘《むすめ》、メノウ・ヴィシュタント様。あなたがリーヴァロバーで魔力《まりょく》を吸いつくされ、意識不明の状態で返されたのです」

「――――」

メノウ・ヴィシュタント。

その名前に、今度ははっきりと聞き覚えがあると感じた。自分の姿を見たくてベッドを下り、鏡台を見ると、美しい金髪《きんぱつ》に紫《むらさき》の瞳《ひとみ》の少女の姿があった。その姿を見て、過去の記憶が弾《はじ》けだした。輝《かがや》かしい美貌《びぼう》と他の魔族を従え高笑いをしてきた日々。今の意識と過去の記憶がごっちゃになってふらつくと、「メノウ様！」と叫《さけ》ぶゼルの声を聞きながら、再び意識は遠のいていった。

✿ ・ ・ ✿

メノウは、魔王である父と中級魔族である母の間に生まれた。強さが最も重視される魔族の国、ヴィシュタントでは、まず魔力量で下級・中級・上級に位が振《ふ》り分けられる。その中でも、二十人いる上級魔族には序列があった。残念ながらメノウは上級魔族でいられるぎりぎりの魔力量しか持たなかったが、蜂蜜《はちみつ》色の金髪に、宝石のような紫の瞳と、母から受け継《つ》いだ美しい容姿に恵《めぐ》まれ、その容姿にふさわしい魅了《みりょう》という特殊《とくしゅ》な力を持っていた。その力を使い、当時序列三位だったユノ・カーティスを魅了にかけ、配下に置くことに成功したのだ。そうして手に入れた序列三位の称号《しょうごう》。

本来であれば、明確な優劣《ゆうれつ》を互《たが》いに認め合うか、決闘《けっとう》で決めるのが序列だ。当然文句を言う魔族もいたが、魔王の娘であることもあってか序列が見直されるまでにはいたらなかった。

　美しい容姿と、序列三位の称号と、魅了という特殊な力。

　子どもの頃《ころ》は両親の愛を一身に受け、父に群がる魔族からは賛辞を浴び続け、母が亡《な》くなった後も、その分魔王である父に愛された。

　そうしてできあがった、傲慢《ごうまん》でわがままな性格。ときおり下級魔族を気にかける上級魔族ということで熱狂《ねっきょう》的なファンもいるが、敵を作ることも多く、とりわけ女の上級魔族とは仲が悪かった。それでも本気で自分の美貌と才能を信じていたメノウは、将来はすべての魔族を従えると思っていたし、子どもの頃から世界征服《せいふく》という夢を抱《かか》え生きていた。

　しかし、思い出した記憶は、前世の、そのまた前世なのではないかというくらいに曖昧《あいまい》で遠く、おぼろげだ。

　身の回りにいた人のことも、遠い親戚《しんせき》のおじさんやおばさんくらいにしか思えない。ましてや自分が魔族であるとは、とうてい認識《にんしき》することができなかった。

（だって……世界征服とか）

　壮大《そうだい》すぎて現実感がない。そんな夢を抱《いだ》けるほどの自信はうらやましくはあるけれど。

（なんか、美咲だった頃と違《ちが》って輝いてたし、オーラあったし、映画の悪役みたいでかっこよかったとすら思うけど！）

普段《ふだん》わがままなくせに、たまに情を見せいいところを持っていくあれだ。

(だけど、今の私はそんなふうには生きられない)

美咲が子どもの頃は天真爛漫《てんしんらんまん》に生きていた気もするが、小学校にあがる頃にはすでに臆《おく》病《びょう》な性格だった。自信がなく失敗ばかりで、気がつけば人の機嫌《きげん》を損《そこ》ねないように、空気を悪くしないように、人の顔色を窺《うかが》って生きてきた。安らげる時と言えば、帰宅後一人になってからで。それも、定時帰りを卒業した最近ではほとんどないに等しかった。

そして、虚無感《きょむかん》ばかりの死。

(——そうだ。今度こそ、自分のために生きるって決めたんだ)

人の言動や機嫌に振り回されず、自分を大事に、くつろげる場所を作るのだ。

メノウの美貌と力があれば、きっと叶《かな》えられる。誰《だれ》にも邪魔《じゃま》されず何かを強要されることもなく、自分が自然体でいられる場所。リゾートなんか最高だ。とにもかくにも。


「平和に生きたい……」

メノウが瞼《まぶた》を開けると、さっきと同じベッドの天蓋《てんがい》が目に入った。

そうだ、自分は平和に生きたいのだ。ほしいものは、小さな家と、食料が手に入る自宅近くの町。書店と、話し相手のカフェ店員なんかいれば最高だ。

視線をずらすと、心配げにこちらを見るゼルの顔があった。

（この人は、ゼル……そうだ、ゼル・キルフォード。私が追いかけ回していた……）

昔は、どうにかして魅了にかけようと躍起《やっき》だった。記憶にはないが、彼の様子を見ると明らかに以前と態度が違うので、努力が実ってどこかで魅了に成功したのだろう。昔の彼は、生ゴミを見るような目つきでメノウを見ていた。

ベッドに手をついて上半身を起こすと、彼が心配そうにメノウの顔を覗《のぞ》きこんだ。大切な人を窺う目つき。綺麗《きれい》な青い瞳が不安そうに揺《ゆ》らぐ。

魔王ほどではないが十分立派な彼のツノは、長生きしている魔族の証《あかし》だ。メノウは魔族の中ではまだ若く、耳の上を探《さぐ》ると小さなコブが確認できるが、髪《かみ》の毛に埋《う》まっており、見た目は普通《ふつう》の人間と変わらない。

「動かれて大丈夫《だいじょうぶ》ですか？　まだ横になっておられたほうが」

「だ、大丈夫です」

以前の自分がどういう口調で話していたかをすぐには思い出せず、敬語になってしまう。

やはり、自分は元の輝いていたメノウとしては生きられない。小説や漫画《まんが》によれば、前世を思い出すことでチート能力が得られるはずだが、残念ながらメノウの場合、得たものはトラウマ、完全な弱体化だ。

いまだ心配そうに様子を窺うゼルに、これ以上気を遣《つか》わせないようにと言葉を足す。

「その……記憶《きおく》もだいぶ戻《もど》ってきました。ゼルさん、ですよね」

ゼルは目を見開くと、その目を細めてうるませた。

「私に敬称《けいしょう》など不要です。ですが、思い出していただけたのですね……」

眩《まぶ》しいくらいに幸せそうな笑顔《えがお》だ。メノウが彼を追いかけていた頃とはまったく違う表情に、本当に昔の彼と同一人物なのかと疑ってしまう。

一人ベッドの上にいるのが落ち着かなくて足を下ろすと、ゼルがメノウの手を取った。

「メノウ様！　急に動かれてはお体に障《さわ》ります！　行きたい場所があるのであれば、私が抱《だ》いてお連れします。食事をしたいのであれば、ここへ料理を用意します。もしも体に違《い》和感《わかん》があるなら、医師を呼んで……」

「い、いえ！　ぜんっぜん、元気ですから！　一人で歩けますし！」

思わず手を引いた。男性というだけでも免疫《めんえき》がないのに、こんなキラキラしたゼルに抱き上げられて運ばれるとか、考えただけで気絶しそうである。

視線を感じてゼルの後ろを見れば、ヴィヴィが奇異《きい》なものを見る目でメノウたちを見ていた。

リーヴァロバーへ行く前と序列が変わっていなければ、十三位のヴィヴィティア・ハルト。二十人いる上級魔族《まぞく》の中で、決して高い序列ではないが、魔王の側近として幅《はば》を利《き》かせている少女だ。そして確か、中高生くらいの見た目でありながら、百歳超えの長生きだったはず。

「あの……ヴィヴィさん。記憶がかなり曖昧なんですが、リーヴァロバーと戦争って……あの国とヴィシュタントの関係は良好ではありませんでした？」

「それは半年以上前の話ですね。メノウ様が意識不明の状態で国へ返されたのと同じ頃、人間の国に滞在《たいざい》していた他の魔族たちも、いわれのない罪で処刑《しょけい》されかけたそうです。人間相手ですからほとんどは逃《に》げおおせてますが、呪具《じゅぐ》も使われたとのことで、二割くらいは本当に殺されてますね」

呪具とは人間の生み出した技術で、魔族から魔術《まじゅつ》の基《もと》となる魔力を吸い出し水晶《すいしょう》に入れ込み、誰でもその魔術を使えるようにしたものだ。炎《ほのお》を操《あやつ》ったり、氷を操ったり。魔族でも個体ごとに決まった魔術しか使えないので、呪具には生活の便利アイテムとして世話になっている。もちろん、武器として流通している呪具もあり、今回はそういったものを悪用されたのだろう。

美咲の常識としては、魔族とは人間に害をなす恐《おそ》ろしい種族のイメージだが、この世界では違う。長《おさ》である魔王《まおう》が平和主義なこともあり、四百年以上も他国と争いもせず暮らしてきた。魔族を恐れる人間の国がないこともないが、少なくともヴィシュタントと隣接《りんせつ》しているリーヴァロバーとは、呪具を共同で作っていることもあり、ずっと友好関係を保っていたはずだ。しかし、ヴィヴィの話はその平和な記憶をひっくり返すものだった。

「そ、それはなかなか……穏《おだ》やかではありませんね」

「はい。メノウ様が生きていらっしゃったのは朗報ですが。魔力《まりょく》をまったく感じられないほど吸い取られていましたし、ずっと意識もなく、このまま亡くなられるものと……本当にメノウ様ですよね？」

魔族は魔力に比例して治癒《ちゆ》能力が高く、上級魔族にいたってはほぼ老いもない。しかし魔力を使い果たしたり吸いつくされたりした場合は、魔力欠乏症《まりょくけつぼうしょう》になり、死にいたる。あまり実例もないが、一般《いっぱん》的に言われていた話は確かそうだ。

ヴィヴィの問いかけに顔がこわばりそうになったが、なんとか平静を保った。

「も、もちろんです。記憶が曖昧なので、多少……言動は以前と違うかもしれませんが」

正直言えば、今の自分は体は魔族でも心は人間寄りだ。ツノがある容姿には違和感を抱くし、人にない力を持つ魔族は怖《こわ》い。階級を強さで決める、力こそ正義、といった魔族の基本思想についてはまったくついていけなかった。

しかし、もしも怯《おび》えを見せ正体が人間ではないかと思われれば、戦争だなんだのとなっている今、ここにいる二人に弁解の余地もなく殺されるかもしれない。

（だって、さっきから目が！　目が怖い！）

ヴィヴィが怪訝《けげん》そうな顔で見てくるのが怖い。メノウの言動に魔族らしくないものが含《ふく》まれているのだろうか。ここは一つ、魔族らしい発言をすべきかもしれない。

「その……せ、戦争など、由々《ゆゆ》しき事態ですよね。魔王の娘《むすめ》としては、戦争により多くの魔族が犠牲《ぎせい》になることなど看過できません。どうにか回避《かいひ》する手段は――」

とそこまでしゃべって、彼女の目がますます怪訝なものになっていることに気づいた。

（しまったー！　昔の私、確かにこんなんじゃなかった！　戦争とか聞いたらノリノリで先頭切って乗り込むタイプだった！）

しかしゼルのほうは、目を輝《かがや》かせ身を乗り出す。

「さすがメノウ様です！　目覚めたばかりで国の行く末を案じるなど……魔王亡《な》き今、この国を導けるのはメノウ様だけです！」

反応してくれはしたが、望んだ方向とは違った。国を導きたくなどない。

「魔王様は死んでませんけど」

ヴィヴィの言葉はゼルに黙殺《もくさつ》され、彼はキラキラの笑顔をメノウに向けた。

「どうぞメノウ様。私を使いお望みを果たしてください。リーヴァロバーを滅《ほろ》ぼせとおっしゃるのなら滅ぼします。魔王となり天下をとるのであれば、すべての国を手中に収めます。守れと命じられれば……命じられずともお守りします」

物騒《ぶっそう》な言葉が並んだ気がするが、最後の言葉だけはありがたく受け取っておく。

「えっと……私の護衛なのは、父の命令、なんでしたっけ」

記憶が曖昧《あいまい》な部分を確認《かくにん》すると、彼は心外だとでも言うように目を見開いた。

「それは、確かに魔王様の命令ではありますが……そんな命などなくとも、私はメノウ様をお守りします。そう……ですね。魔王様ではない。私はあなたにお仕えしたいのです」

名案を思いついた、とでもいうように、ゼルは嬉《うれ》しそうなほほ笑みを見せた。

「この機会です。どうか今後、私がメノウ様にお仕えすることをお許しくださらないでしょうか」

「仕える……？」

「はい」

「ええと……そうするとどうなるんでしょうか」

「何も変わりません。ただ、私が魔王様の命ではなくメノウ様の命で、あなたをお守りするようになります」

「……変わらないのに、わざわざ私に仕えたい……ということですか？」

「はい。メノウ様にとってはメリットしかございません。いつでも私を好きなようにお使いいただけるようになるのです」

「……デメリットは？」

「ございません」

にっこり笑って放たれた言葉に不安を覚えて口を引き結ぶ。あの、ゼルを魅了《みりょう》にかけようと躍起だった頃《ころ》の自分であれば喜んで飛びついたに違《ちが》いないが、今はタダより高いものはないという言葉を知っている。敏感《びんかん》にメノウの怯えを感じとったのか、ゼルがメノウに顔を近づける。彼が目を細めると、長いまつ毛が強調された。まつ毛までが綺麗な銀。目の下のホクロがやたらとセクシーだ。

「何も難しいことはございません。ただ、ゆ、る、す、と口にしていただくだけでいいのです。それで私のすべてはあなたのものです」

（ち、近い……）

この距離《きょり》まで近づかれれば緊張《きんちょう》する。過去のメノウだったら慣れていたのかと考えたが、自分から近づきはしてもゼルのほうから近づかれた記憶はない。他《ほか》の異性についても、理由は思い出せないが、なぜか必要以上に自分に近づけないようにしていた。免疫がないのは美咲と変わらないようだ。

この距離で強要されればなおさら不安を覚え、助けを求めるようにヴィヴィに視線を送る。

「とりあえずうなずいておけばいいんじゃないですか？　メノウ様にとってはメリットしかありませんし、お望みだった序列も手に入ります」

「序列が手に入る？」

「メノウ様の序列は三位、ゼル様の序列は二位。主従関係を互《たが》いに認め合いますと序列が入れ替《か》わりますので、メノウ様の序列は二位に……」

「全力で遠慮《えんりょ》いたします！」

メノウの発言に、ゼルとヴィヴィが驚《おどろ》いた顔でこちらを見る。何か理由を言わなければと思い、もう一言叫《さけ》ぶ。

「恐れ多いので！」

ちゃんとした理由にはなっていなかったが、とりあえず断りの言葉は言えたのでもういいことにする。

（そ、そうだ……そうだった）

ゼルは序列二位だ。なぜ彼が魔王ではないのかと言われるくらいの絶対的強者なのだ。メノウなど序列三位ですらありえないと言われているのに、彼を従え序列二位など絶対にありえない。そんなことになれば、今なら序列二位になれると他の魔族《まぞく》に襲《おそ》われる。

（そもそも、重要人物になりたくないし！　序列一位の魔王が不在の今、実質国の代表とか……）

絶対にごめんだ。

頑《かたく》なな様子のメノウを見て、ヴィヴィが呆然《ぼうぜん》とつぶやく。

「あれほど欲しがっていた序列二位の座を……」

「あ、えっと……今はなんていうか、その……そういう場合じゃないっていうか……それよりですね、そう！　まずはその会議の情報を……資料とかありませんか？　眠《ねむ》っていた間のことを知りたいので」

ヴィヴィはいまだ不審《ふしん》そうな顔をしていたが、腰《こし》にさげていたポーチを探《さぐ》ると、まるめて差し込んでいた紙を取り出した。その紙を受け取ろうとすると、ゼルが止める。

「私が読み上げさせていただきます」

「え？　いいですいいです。自分で読みます」

そう言ってヴィヴィから資料を受け取ったのだが。

「……？」

文字に目を落とし、思わず疑問符《ぎもんふ》を頭の上に出す。

「やっぱり私、記憶《きおく》がかなり欠落しているようです。文字を忘れてしまったようで……」

「メノウ様、もともと文字読めなかったですよね」

彼女の怪訝そうな声。さきほどゼルが読み上げると言ったのは、親切心だけが理由ではなかったらしい。

「そ……そうでしたね！　うっかり……！　今すぐ覚えるので、申し訳ないんですが何かこう、勉強できるものを持ってきていただけませんか？　文字と絵の対応表とか……」

「勉強!?　勉強をされるんですか……？　メノウ様が？」

信じられないというように、ついにヴィヴィの声が裏返った。

ここにきてメノウは、怪訝な顔をしているのが彼女だけではないことに気づいた。ゼルまでもが困惑《こんわく》した顔でこちらを見ている。

「い、いえ、状況《じょうきょう》が状況だからといいますか……そ、その、魔王《まおう》もいませんし、必要ならするしかないと……できる努力はしておかないとと思いまして」

「できる努力……ですか。まるで、下級魔族か人間みたいなことをおっしゃいますね」

(ひいいいい!)

ヴィヴィの赤い目が、不審者を見るような目つきになっている。

おそらく、ここにいれば自分は人間だとバレる。たぶん三日でバレる。

(これはもう逃《に》げるしかない)

一瞬《いっしゅん》だけ、魔王が戻《もど》らないとヴィヴィが言っていたことが頭をよぎったが、今は他人より自分の命だ。かわいがってもらったことも今は遠い他人の記憶に思えるし、どちらかといえば、自分には縁《えん》のない家族愛に思えて胸が痛むくらいだし。

「ええと……魔力《まりょく》を吸い取られたせいでしょうか。やっぱり私、だいぶ参っているようで……少し、療養《りょうよう》にでも出たいのですが」

戦争という物騒な状況についてもう少し詳《くわ》しく知りたかったが、それよりも今重要なのは、ここから離脱《りだつ》することだと判断した。しかし今度はゼルのほうが反応する。

「城の外に出られるということですか？　でしたら、私が場所をご用意いたします。身の回りのお世話も私が」

「いえいえいえ！　ゼルさんの手をわずらわせるわけにはは。準備も身の回りのことも自分でできますので……」

「では護衛としてお連れください。物騒になりつつある今、あなたをお一人にすることなど、絶対に、できません」

「…………」

「絶対」とそこだけ強い口調で言われた気がして、遠い目をしてしまった。

過去の自信満々な自分に対しては憧《あこが》れもあるが、この人を魅了にかけたことだけには文句を言いたい。

（だけど、護衛……？）

その言葉に、目覚めた時の状況を思い出す。

「そういえば……さっき部屋にいた男の人たちは、何をしようと？」

「もう目覚めないのであればと、メノウ様を亡《な》き者にしようとしたのです」

「！　なんで……」

ヴィヴィがゼルに呆《あき》れた視線を送る。

「ゼル様がいつまでもメノウ様の護衛から外れようとしないから。ゼル様にリーヴァロバーへ攻《せ》め込んでほしい連中の仕業《しわざ》でしょう」

（この人のせいか――！）

だったら、むしろ護衛など逆効果ではないか。確かに、序列二位のゼルならばそうした人たちからもメノウを守り切るのかもしれないけれど。

(この人といるのは危険な気がする……)

そもそも、このまま一緒《いっしょ》にいて、今の意識が人間寄りであることを隠《かく》し通せる気がしない。隠し切れたとしても、ずっと自分を押し殺して生きるのはもうたくさんだ。それなら、一人ここから出て、静かに生活するほうがずっといい。

(だけど……さっき、絶対一人にはできないって言ってたよね)

説得が無理なら、ここに長居するふりをし、隙《すき》をついて逃げるのがいいだろう。

「あの、やっぱり、もう少し城にいます。ところで……今の服を着替《きが》えたいのですが、替えの服ってありますか？」


中級魔族らしいメイドが服を用意してくれた後、着替えはヴィヴィが手伝いを申し出てくれた。自分で着られると主張したのだが、一人で着たことなどないじゃないですかと押し切られたのだ。

ベッドを下り鏡台の前に立つと、赤いドレスに身を包んだ自分の姿がある。遠い記憶の中の自分と同じ、蜂蜜《はちみつ》色の金髪《きんぱつ》に宝石のようにきらめく紫《むらさき》の瞳《ひとみ》。しかし、記憶の中にあったオーラをまるで感じない。いつも胸を張り、人を見下ろし、いつだって他人を魅了《みりょう》にかけてやるぞと息巻いていたものだけれど。今の自分には、威厳《いげん》らしい威厳が一つも見当たらなかった。これなら美貌《びぼう》を手にしても、美咲だった前世のように気配を消すことができるかもしれない。

ヴィヴィに手伝ってもらい紫のドレスに腕《うで》を通しながら、気になっていたことを聞いた。

「あの……ゼルさんて、魅了にかかってるんですよね」

「そうですね。信じられないことに。最初はふざけているのかと思いましたが、感情のないあの方がふざけるはずもありませんし」

「感情のない……？」

「生まれながら、そういう方向へ振《ふ》れたのです。あの方は」

そういう方向に振れたと聞いて、記憶を探る。確か、魔族は魔力を持つゆえか、人間よりも感情の振れ幅《はば》が異なって生まれることがあるのだ。そのために、激情型で粗暴《そぼう》な者も多い。しかし、振れる方向は必ずしも激化の方向だけではなく、起伏《きふく》が小さく生まれる者もいる。ゼル・キルフォードは、限りなく感情の動きが乏《とぼ》しい魔族だったのだ。

（思い出してきた……）

魔王の命のみを受け剣《けん》や力を振るう彼を、何人かの魔族は殺戮《さつりく》人形と呼んでいた。ゼルに心酔《しんすい》する魔族は熱狂《ねっきょう》的に彼を支持し、本物の魔王は彼だと主張していたけれど。

（なんか、私も過去に、殺戮人形と呼んだことがあったような……）

どうにも魅了にかからない彼に業《ごう》を煮《に》やし、八つ当たりのように本人に言った気がする。

「めちゃくちゃ失礼なこと言っちゃったな……」

たぶんあの言葉は、彼のような魔族にこそ言うべきではなかった。

「は？」

「あ、いえ、なんでも……そういえば、ゼルさんていつから魅了にかかってるんでしょう？」

「ご自身でかけた時を覚えてないんですか？」

「す、すみません。記憶がまだ曖昧《あいまい》で……特に、リーヴァロバーへ行く前後のことは、あまり覚えてなくて」

「そうなんですか。基本ゼル様は一人で行動されますので、私も把握《はあく》はしていません。ですが、たぶん……あの時ですね」

「あの時？」

「メノウ様がリーヴァロバーに旅行へ行くと騒《さわ》ぎ出す前、お二人で話をされていました。めずらしいと思ったので覚えているんです」

「うーん……」

確かにゼルを誘《さそ》い出した気がするが、よく覚えていない。

「それにその後、ゼル様がヴィシュタントを出ようとするメノウ様を引き止めていました し。結局それを振り払《はら》って国を出て、意識不明の状態で返されたんですけどね」

「そ、そうだったんですね」

淡々《たんたん》と話してくれる彼女は、特にメノウの序列が上だからといって、敬いも恐《おそ》れもなさそうだ。

「あの、ヴィヴィさんが魅了にかからないのは、私と同性だからですか？　あ……でもそうか。そもそも無条件ってわけじゃなかったですよね」

確か、魅了はメノウに対し好意か恐れを抱《いだ》かなければかからなかったはずだ。

「条件もありますけど、私が魅了にかからないのは、私が上級魔族《まぞく》だからです。上級魔族は魔力耐性《まりょくたいせい》が高いので、よほど気を抜《ぬ》いてなければメノウ様の魅了にはかかりません」

「そう、なんですか……あれ？　でも、ゼルさんも上級魔族……」

「はい。ですから、悪ふざけかと思ったんです。まあでも、どうせ一時的なものでしょうね。あのゼル様が、魅了なんてふざけた魔術《まじゅつ》にかかったままでいるはずないもの」

ふざけた魔術と言われたのは気にしないことにした。魔力抵抗《まりょくていこう》が高い相手にはかけられず、さらに条件つきなのだから、そう言われても仕方ない。なんなら自分も同意する。

「あの、もしも魅了がとけたらどうなるんでしょう？」

「別にどうも……前の通りに戻るだけじゃないですか？　あ、でも、ゼル様は邪魔《じゃま》なものをわりと無言で切り払うので……メノウ様を殺す可能性もあるか」

「殺す⁉」

前の通りの彼と聞き、昔の彼を思い出した。人の命をなんとも思っていない様子で剣を振るい、自分にまとわりつくメノウに生ゴミを見るような目を向ける。そんな生ゴミに魅了にかけられたと知れば、普通人《ふつう》はどうするだろう。

（こ、殺される……間違《まちが》いなく殺されるー！）

戦争が起きて魔族として殺されるより、正体がバレ人間として殺されるより、生ゴミとして処理される方が早い。

「まあでも、魔王《まおう》様が生きてる間なら大丈夫《だいじょうぶ》ですよ。ゼル様は魔王様の命令には逆らいません。メノウ様を守れという命令が有効な間は、殺される心配はないでしょう」

「そ、そうなんですね」

相づちを打ちながら、魔王の話題が出たことで、メノウはもう一つ気になっていたことを聞いた。

「あの……さっき、魔王が帰らないって……生きてはいるんですか？」

「はい。序列の石板から名前が消えてませんので」

「……なるほど」

城の中庭に配置された石板は、自動で序列順に名前を刻む。もしも魔王が死んでいたら、石板から父の名は消え、一番上にゼルの名が刻まれるだろう。

　ほっとして胸をなでおろす自分は、遠い記憶《きおく》とはいえ、まだあの優《やさ》しかった人のことを父として認識《にんしき》しているようだ。おこがましいと思いはしても。

（昔の自分なら堂々と魔王の娘《むすめ》って名乗れたけど、今の自分じゃなあ……）

　臆病《おくびょう》でおどおどしてばかりの自分では、きっと父もがっかりするだろう。

（それに、もう自分には関係ないし）

　今は一刻も早くここから離脱《りだつ》しなければ。人の命がどうこうよりもまず自分の命がない。

　メノウはヴィヴィがドレスの後ろの紐《ひも》を結び終えるのを待って、声をかけた。

「あの、ヴィヴィさんて、会議に参加されてたんですよね？」

「え？　ああ……はい。もうとっくに始まってますね」

　彼女が腰《こし》につけた懐中《かいちゅう》時計を見て、残念そうでもなく言う。

「すみません、着替えを手伝っていただいて。あの、もう戻《もど》っていただいて大丈夫ですよ。髪《かみ》は適当に自分でやりますので」

「あーでも……うーん。そうですね。今メノウ様を連れていったら、場が混乱するか……」

　本来は上級魔族が全員出席するはずの会議なのだろう。メノウも意識を取り戻したなら出席者扱《あつか》いなのかもしれないが、ヴィヴィは今のメノウを連れていかないほうがいいと判断したようだ。

「ゼルさんもまだ部屋の外にいますよね。私が行ってくださいと言っていたとお伝えいただけますか？」

彼女の表情は変わらなかったが、赤い瞳に喜色が浮《う》かんだように見えた。炎《ほのお》のように光がゆらめく。表情による感情表現は少ないが、意外と感情豊かなのかもしれない。

「いいんですか？　助かります」

ヴィヴィは鏡台に置いていた会議資料をポーチに戻すと、部屋を出ていった。

（さて……）

鏡に向き直った。こうして全身を映して見ると、やはり赤のドレスより紫《むらさき》のドレスのほうが、今の自分にはしっくりきているようだ。金の髪を結《ゆ》い上げ、頭の左側で一つお団子を作ると、残りの髪を癖《くせ》がかかっているまま下ろした。鏡台の棚《たな》を引き出すとアクセサリーがいくつかあったので、その中から紫のパールチェーンがついた髪飾《かみかざ》りを手に取り、お団子に括《くく》りつけ、下ろした髪に絡《から》ませる。

（よし）

倒れる前は侍女《じじょ》に任せるままウェーブの髪を下ろすだけだったけれど、せっかく綺麗《きれい》な外見を手に入れたのだ。自分の好みに着飾りたい。

（もう二人とも会議に行ったよね）

ようやく一人になれたのだと思えば、肩《かた》の力が抜けた。誰《だれ》かの視線を感じている間は、ずっと緊張《きんちょう》を強《し》いられている気がする。それも、特に親しくもない間柄《あいだがら》で、戦闘《せんとう》力の高い魔族ともなればなおさらだ。

（それじゃ、とりあえず街にでも……）

上機嫌《じょうきげん》で廊下《ろうか》に出ると、少し離《はな》れた場所に芸術品のように整った横顔があった。腕《うで》を組み壁《かべ》によりかかっていたが、サファイアのように美しい瞳《ひとみ》をこちらに向けると、壁から離れて嬉《うれ》しそうにほほ笑《え》む。

「着替《きが》えを終えられたのですね」

「え、ええ……あの、ヴィヴィさんと会議に出られたのでは？」

「まさか！　メノウ様のおそばを離れるなど……もしもあなたの身に何かあれば、私は後悔《こうかい》で生きていけません」

「そ、そうですか……」

ゼルは近づいてくると、それはそれは嬉しそうにメノウを見つめる。この顔でほほ笑まれるのは毒だ。彼の優しさは魅了《みりょう》によるものにすぎないのに、うっかり心を許してしまえば、魅了がとけた時辛《つら》すぎる。本来の彼は、塩対応などという言葉では表しきれない冷たさだ。しかし今は、着替えたメノウの姿を見て、頬《ほお》を染めてさえいる気がする。

「さきほどのドレス姿もお綺麗でしたが、今のドレスも大変素敵《すてき》です……！　上品で、聡《そう》明《めい》なメノウ様の美しさが引き立つようです」

「それはどうも……」

至近距離《きより》からの甘い声に頭が麻痺《まひ》しかけるが、メノウは彼の賛辞を真に受けないことにした。かわいそうに、彼は魅了によって無理やり言わされているのだ。

「この結った髪も大変愛らしく……ヴィヴィがこのような技術を持っていたとは驚《おどろ》きです」

「あ、いえ。これは自分で……」

一瞬《いっしゅん》ゼルの動きが止まった。すぐにはメノウの言葉を理解できなかった様子だ。しかし、すぐに尊敬のまなざしを向けてくれる。

「存じ上げませんでした……メノウ様はこのようなことも得意なのですね！　さすがでございます」

変に追及《ついきゅう》されずほっとした。自分でも前の自分だったら絶対にしないだろうと思う。今は派手なことよりも、コツコツと進めることや細かい作業を好むけれど。

「それで……これからどうされますか？　どこかへ行かれますか？」

メノウは考えた。どうもこれから一人で行動することはできなそうだし、それなら城を出ようとしていると勘《かん》づかれるような買い物は避《さ》けたほうがいいだろう。いっそゼルをまいてしまいたいが、おそらく日中は不可能だ。魔力《まりょく》は体の治癒《ちゆ》力のみならず、身体《しんたい》能力を最大限に引き出すこともできる。上級魔族であるメノウならかなりの速度で走れるはずだが、相手はさらに上の魔族だ。全力で走ったとしても、逃《に》げ切れないのは目に見えている。

（まあ……やみくもにここを出たって仕方ないし）

部屋には生活に必要な一式もなさそうだし、なにより今の自分は学もない。一人で生きていくのは今の段階では無理だ。

（文字を覚えて、城に残してあるはずの私のお金を持ち出して、治安の良さそうな場所にあたりをつければ……）

ここから離れれば離れるほど、人間の国近くとなり、下級魔族《まぞく》が多く、治安も悪くなる。治安が良い場所はこの城の近く。そこで身を隠《かく》せるような家を見つければ、それで話は終わりだ。幸い、母の実家が今は空き家として存在することも覚えている。長居すれば見つかってしまうだろうが、そこから拠点《きょてん》を移していき、一人ゆっくり生活できる場所を見つければいいだろう。

（文字は、参考書を見ながら文章を読める程度の知識が身につけばいいし……）

今日明日くらいなら、魅了がとけたり、正体が人間だと疑われたりすることもないだろう。たぶんきっと……あくまで希望的観測だが。

とにかく急げば、きっと殺される前に逃げられる。

「あの、できれば、なんですけど。文字を教えていただくことは可能でしょうか？」

ゼルはとんでもないことを言われたというように目を見開いた。

「文字を、教える……ですか？　私が？」

「あ、ご迷惑《めいわく》ならいいんです！　別の方に……」

「いえ！　ぜひ！　私に教えを請《こ》うていただけるなどあまりに光栄で、信じられず……すぐにお返事ができず申し訳ございません」

「……いえ」

　これは魅了にかかっているせいなのだ。彼のうるんだ瞳も紅潮した頰も、すべては幻《まぼろし》だ。変な勘違《かんちが》いを起こさないよう、メノウはそっと目をそらした。


　彼に連れて来られた城の図書室は広かったが、時折掃除《そうじ》に訪《おとず》れる魔族以外は、ほとんど誰も来なかった。聞けば、そもそも城に執事《しつじ》やメイド以外は上級魔族しか入れず、その魔族は全員会議中とのこと。

　メノウは、ゼルがメイドに用意させたサンドイッチやフルーツを食べつつ、集中して文字を学んだ。学んでいる間なるべく彼の顔は見ないようにし、ときおりはさまれる甘いセリフはすべて流しきり、二時間経《た》ち日が落ちる頃《ころ》には、すっかり文章を読めるようになっていた。ちなみに、今メノウが肩にかけているブランケットは肌《はだ》をさすっていたらゼルが持ってきたもので、書籍《しょせき》の横に並べられている数々の筆記具は、メノウがつけペンに慣れない様子を見せたために、彼が用意したものだ。

常にメノウを気にかけつつ、丁寧《ていねい》に文字を教えてくれるゼルに、彼のほうは疲《つか》れていないか、飽《あ》きていないかと聞いても、彼はメノウが早く覚えたがっていることに気づいてか、始終笑顔で「大丈夫《だいじょうぶ》です」と付き合ってくれた。

例外的な読み方も含《ふく》め習得を終えると、ゼルは感嘆《かんたん》のため息を漏《も》らした。

「眠《ねむ》られていた時間が長く、以前と変わられていることは理解していましたが……習得の速さまで変わるものなのでしょうか。まるで別人のような……」

別人という言葉にギクッとする。別人ではないが、意識が人間時代のものになってしまっていることは確かだ。習得が速かったのも、日本語や英語等、過去にはなかった文字に関する知識があったから。ただし習得したとはいっても、文字を読むのは覚え書きのメモを見ながらだ。

「い、いえいえ、昔もやる気を出せばこれぐらいはできたんです！　ただ、嫌《きら》いなものに向き合う力がなかっただけで……それに、ゼルさんの教え方がうまかったから」

驚いた表情の後、彼ははにかむようにほほ笑んだ。

「少しでもメノウ様のお役に立てたのであれば、これ以上の幸せはございません」

言葉通り、本当に嬉しそうにしてくれる。けれど、彼の喜びも優《やさ》しさも笑顔も、魅了という強制力によるものだと思えば申し訳なくなってくる。ただ、大丈夫だ。距離を置けば、魅了はとかれはしなくとも薄《うす》れはする。そうでなければ、今頃城の周囲には、魅了にかかった下級魔族がメノウへの謁見《えっけん》を求め、行列を作っていることだろう。

今は彼に頼《たよ》ることがあったとしても、最終的に離れればすむことだ。

「あの、少し疲れたので、今日はもうお風呂《ふろ》に入って寝《ね》ますね」

「かしこまりました。メイドを呼びます」

「い、いいえ！　お風呂くらい自分で入れるので……」

いまだ不思議そうにメノウを見るゼル。自分で身の回りのことをやろうとする魔王《まおう》の娘《むすめ》が信じられないのだろう。以前と変わりすぎるのは、確かによくない。

「……やっぱり、メイドにお願いします」

「承知いたしました」


入浴をすませた後、会議資料を部屋へ持ってきてくれたヴィヴィに、自分が意識を失う前に持っていた荷物の在り処《か》を聞いた。ほとんどはリーヴァロバーに置いてきたということだったが、資金は取り戻《もど》せたので、今夜中にでも城を出ることはできそうだった。

深夜。メノウは軽い仮眠《かみん》から目覚めた後、ベッドを下り窓に近づき、カーテンを開けた。月がなくとも、星は多く、夜でも窓から差す光は明るい。

（ここからなら、下まで降りられる）

カーテンを一旦《いったん》閉めると、日中のドレスに着替え、髪《かみ》を結《ゆ》い、腰《こし》にさげたポーチに紙幣《しへい》をパンパンに詰《つ》めた。そして再びカーテンを開け、ガラス窓を開く。

メノウの自室は七階だが、城のゴツゴツした造りに手をかけ足をかけ降りていけば、下まで降りられるだろう。美咲だった頃より、はるかに体が柔軟《じゅうなん》に動くようになっているし。

さすがにもうゼルも寝ている時間だろうが、彼の居住は城の一室だと聞いた。念には念を入れ、窓から抜《ぬ》け出した。すぐに一つ下の階へ移動し、また一つ、また一つと降りる。

このまま無事城を出られそうだな、と思った時、ふと、ヴィヴィから聞いた、「魔王様が戻らない」という言葉を思い出した。

（……どうせ、私が城に残っても、できることなんて――）

「！」

地面まで後少しというところまできて、ずるっと足を滑《すべ》らせた。

「――っ！」

そう地面は遠くないし、自分は魔族だ。多少怪我《けが》を負ってもすぐ回復する、そう思い強く目を閉じたのだが。

「……どうして、いるんですか？」

お姫《ひめ》様抱《だ》っこで抱《かか》えられながら、自分を抱える魔族を見上げる。

「メノウ様の危険に駆《か》けつけられないようでは護衛失格です」

日中に何度も聞いた声。こちらを見下ろすゼルの顔が、深夜でよく見えないのが幸いだった。この距離《きより》であの顔にほほ笑《え》まれると、気後《きおく》れしておろおろしてしまう。

「別に、この高さです。落ちてもそんな怪我は……」

「美しいおみ足が泥《どろ》で汚《よご》れるところでした」

「…………」

彼の言葉に脱力《だつりょく》して、反論も浮《う》かばなかった。早く逃《に》げてしまわないと、魅了《みりょう》がとけたこの人に殺されるかもしれないのに。

「あの……ありがとうございます。でも、もう私を守ってくださる必要はありません。王命であれば拒否《きょひ》しづらいのかもしれませんが……私が自分から逃げたことにすれば、魔王も怒《おこ》らないと思います。あの方は理不尽《りふじん》なことで罰《ばっ》することはしませんし……それに、あなたのような方が私のそばにいて、国の行く末を決める会議まで休むほうが、問題ではありませんか？」

思いどおりにならない現実がもどかしくて、突《つ》き放すような言葉になってしまった。しかしゼルは気を害したふうもなく、やわらかな声を返してくる。

「私のような者が会議に出たところで、なんの足しにもなりません。あなたのような高貴な方を失うほうが、よっぽどヴィシュタントの損失です」

「高貴……」

その言葉に強い違和感《いわかん》を覚え、顔を歪《ゆが》めた。彼は魅了のせいで今のメノウが見えていないのだ。あの頃の、恐《おそ》れるものはなく自由だった自分は、もうどこにもいないのに。

メノウがゼルの胸に手をあて下りたがると、彼は少し離《はな》れた庭の通路に下ろしてくれた。庭には呪具で作られたライトがあり、赤い花を照らしている。昔メノウが好きだった色だ。

「前の私はそうだったのかもしれませんが、今は、人の顔色を窺《うかが》うばかりの、ただの臆病《おくびょう》者《もの》です」

ゼルの返事はなく、ついつい言葉を重ねてしまう。

「記憶《きおく》も曖昧《あいまい》で、自信も前みたいに持てないし。今の私じゃ誰《だれ》も好きになったり怖《こわ》がったりしませんから、魅了の魔術しか持たない私は無価値です」

今の自分の意識は美咲の頃に近い。昔のメノウとは違《ちが》う。美咲だった頃は、物覚えが悪く不器用で、母親にも「本当に仕方のない子ね」とよく呆《あき》れられていた。それでも子どもの頃は父親の言葉に支えられていたけれど、それも結局は――、

「私に守る価値なんてありません。魔王の命令なら仕方ないかもしれませんが、私を守ることなんて――」

目の前に立つゼルから笑みが消えていることに気づき、口をつぐんだ。てっきり魅了にかかった彼は、無価値なわけがない、魅力《みりょく》的だ、などと反論するのだろうと思ったが。

「メノウ様が、以前よりも不安や怯《おび》えを抱《いだ》きやすくなっていることには気づいておりまし

た」

「！」

「目覚めて最初に目が合った時、震《ふる》えていらっしゃいましたね。それでも……あなたはあの場にいた魔族《まぞく》を、守ろうとした」

「あ……いえ、あれは守ろうとしたとか、そういう立派なものでは……」

ゼルがメノウにほほ笑む。

「図書室でも、あなたは私の顔を見て、疲《つか》れていないか、飽きてはいないかと気遣《きづか》ってくださいました。あなたは自身を卑下《ひげ》されますが――他人を重んじるあなたを、私は尊く思います」

「――――」

美咲の頃《ころ》は、友人から無理を頼《たの》まれてもつい引き受けてしまい、別の友人や母に、「美咲はまた都合良く使われて」と呆れられていたものだ。他人の顔色ばかりを窺う自分を、直したくて直したくて仕方がなかったけれど、そんな自分を、彼は肯定《こうてい》してくれているのだろうか。

戸惑《とまど》うメノウに、彼が一歩近づく。

「それと……魔王の命令なら仕方がないかもとおっしゃいましたが、私は自分の意志でメノウ様をお守りしたいのです」

彼の指がわずかにメノウの頰《ほお》に触《ふ》れ、彼に導かれるまま上を向いた。ライトのせいで、彼の顔が見える。てっきりほほ笑んでいるのだろうと思っていた彼は、せつなげにメノウを見つめていた。

「あなたが何にも怯えなくてすむよう、私がすべてからお守りします。望むものがあれば、私がなんでも叶《かな》えます。ですからどうか、私を、メノウ様の従者にしてください。魔王様の命令などなくとも、永遠にあなたと共にありたいのです――」

「――――」

男の人のこんなにせつなそうな顔を初めて見た。彼のせつなさに引きずられるように、メノウの胸も苦しくなる。彼の手が離れ、彼が頭をさげた。

「どうか、私があなたに仕えることをお許しください」

「あ……あの、それは昼間にも――」

胸に手をあててメノウを見つめ、必死さを押し殺すように笑みを浮かべる。

「大丈夫《だいじょうぶ》です。何もメノウ様にとって都合の悪いことはございません。序列二位ですべき公務はすべて私が代行いたします。ですからどうか、許すと。これがただ一つの私の願いです。どうかメノウ様――私に、ご慈悲《じひ》を」

再び彼の口元からほほ笑みが消えている。これだけ懇願《こんがん》されれば、以前の美咲ならすぐに折れていただろう。今だって、このせつなそうな顔が、メノウが願いをきくだけでやわらぐのであれば、従ってしまいたい気持ちはある。けれど。

（いやいやいや……これにうなずいたら、一生逃げられないし！）

そしていつの日か魅了はとけ、生ゴミとして処理されるのだ。

（さっきは……嬉《うれ》しかったけど、それだって）

さっきの言葉も、きっと魅了がとければなかったことになる。だったら、その前に彼とは距離を置くべきなのだ。いや、彼だけではなく、この城から。殺される不安のない、自分らしく生きられる場所へ逃げなければ。

拒否の言葉を紡《つむ》ごうとするが、うまく思いつかない。目の前の人を悲しませるのが怖い。それでもなんとか断らないとと口を開くと、声を出す前に彼が目を細めた。

「やはり……私という男が理想とは異なるのでしょうか」

「え？」

「ヴィヴィが言っていました。今のメノウ様が好む魔族は、昔とは違うのだろうと」

「ああ……」

それはそうかもしれない。別にメノウは、ヴィシュタントで最も重要視される強さだとか、どうでもいいし。……顔は人並みには気にするけれど。

メノウの相づちに、ゼルは苦しげに顔を歪めた。だが、すぐに覚悟《かくご》を決めたような表情に変わる。

「今のメノウ様の理想を、聞かせていただくことはできますか？」

「え、と……理想、ですか。チーズやケーキを食べつつ、読書をしながら静かな生活を送る……とか、そういうことでは……ありませんよね」

ゼルの表情は変わらなかったが、察した。ごまかしを許さない視線だ。

「一緒《いっしょ》にいる存在としての、理想という意味なら……その、優《やさ》しい人、です」

彼の表情がみるみる明るくなる。

「そうなのですね！　メノウ様に対し尽《つ》くす準備はできております。ぜひ私を——」

「あ、あの！　そういうことではなく」

つい慌《あわ》てて遮《さえぎ》ってしまった。このままでは押し切られる。

「私に対してではなく、性格が優しい人が好きなんです。お客さんの立場でも店員に丁寧《ていねい》な態度をとれる人とか、人を喜ばせることが好きって人とか。……そういう人なら、仮に愛情が落ち着いていったって、相手を一人きりにするとか……そういうこと、しなそうじゃないですか」

「………………」

「？　ゼルさん？」

なぜだか、やたらと難しい顔で黙《だま》り込んでいる。

（なんだろう……店員の例とか、別に不自然じゃないよね……？）

　上級魔族はめったなことでは自分で店になど行かないが、常に着飾《きかざ》っていたメノウはよく侍女《じじょ》と共に街の服飾店《ふくしょくてん》を訪《おとず》れていた。人間だと疑われたわけではないと思うのだが。

「ゼルさん？」

　もう一度声をかけると、ハッとしたようにメノウを見た。

「も、申し訳ございません。メノウ様の理想がどんなものであれ、私が叶え、快適にお過ごしいただくつもりでいたのですが……今のメノウ様は、相手に求めるのではなく、相手そのものを見るのですね」

「えっと……」

「……努力、いたします」

「いえ……自分を曲げて誰かの近くにいても、幸せにはなれないですよ？」

　ものすごく実感を込めて言うのだが、ゼルの顔つきは険しい。

「私はあなたのもとにいられないのなら、幸せになどなれません」

　はっきり言いきられた。それは魅了《みりょう》にかかっている今だけだと言いたかったけれど、言っても納得《なっとく》されない気がして無言を返す。

　気を取り直したように彼はメノウへほほ笑《え》んだ。さきほどよりどこか覇気《はき》がないようにも感じたが。

「ところでメノウ様、深夜に外へ出られて、何か用事でもあったのでしょうか？」

「えっと……星が綺麗《きれい》だったので、外へ出て見ようとしただけで……もう戻《もど》ります」

「承知いたしました。では、お部屋までお送りします」


ゼルに送られて自室に戻ると、メノウは鏡台の上に置いてあったランプをつけた。美咲が知るランプとほぼ同じ作りだが、コードやスイッチはなく、代わりに直径二センチほどの水晶《すいしょう》がある。そこに魔力《まりょく》を持った者が手をあてると、明かりがつく仕組みだ。

ちなみに、これは中級以上の魔族用に作られた、自分の魔力を別の魔術《まじゅつ》として使う変換《へんかん》型だ。下級魔族や人間は、充電《じゅうでん》式の、消費型のランプを使う。今メノウが使うのは、魔力が有り余っている者だけが使える特別製だ。

メノウは明かりのもとで服を脱《ぬ》ぎ、ナイトドレスへと着替《きが》えた。

――他人を重んじるあなたを、私は尊く思います。

さきほど聞いたゼルの言葉を思い出す。あんなもの、買いかぶりだ。現に今のメノウは、魔王《まおう》が捕《と》らわれたと聞いて、それを気にしつつも、自分には関係ないと言い聞かせてこの城から去ろうとしている。

（魔王……）

記憶《きおく》の中の魔王は、優しく、そしてとても強い人だった。捕らわれたという話がいまだに信じられないほどだ。

メノウはヴィヴィからもらった会議資料を取り出すと、ベッドに入り、資料を開いた。

今の状況《じょうきょう》を知ったとして、メノウにできることなど何もない。

(でも……)

ゼルは、あなたの願いを私が叶えると言っていた。少なくとも魅了がとけるまでは、彼はメノウの味方でいてくれるのだろうか。

いずれにしろ城へ残る以上、状況把握《はあく》は急ごうと、メノウは会議資料に目を落とした。ところどころ覚書のメモと照らし合わせながら、文章を読んでいく。最初は、リーヴァロバーの治安悪化の様子と、帰ってこない魔族《まぞく》の人数や被害《ひがい》状況などが書かれていた。魔王が物申しに行ったが帰らず、様子を見に行った一人の上級魔族にいたっては、石板から名前が消え、死亡が確認《かくにん》されたらしい。そしてさらに先を読み、メノウは息を呑《の》んだ。

(嘘《うそ》……でしょ？)

戦争戦争とヴィヴィは騒《さわ》いでいたが、メノウが想像するよりも、状況はもっと悪いようだった。

翌日。食堂で朝食を食べ終えたメノウがゼルの姿を捜《さが》すと、すぐにその姿は見つけられた。なんとなく、姿は見えなくとも自分の近くにはいるのだろうと思っていた。そして予想どおり、ゼルを会議に引っ張っていこうとするヴィヴィの姿もある。

「ヴィヴィさん！　すみません！　私も会議に参加させていただいていいですか……？」

「え……」

「メノウ様？」

ゼルの襟首《えりくび》を摑《つか》んだヴィヴィと、摑まれたままのゼルがメノウを見る。

「せ、せせせ、戦争はやっぱりちょっと、よくないかと！」

昨夜、資料を読んだ限りではこうだ。

人間の国リーヴァロバーは、滞在《たいざい》していた魔族を処刑《しょけい》したり追い出したりと、とにかく魔族に害をなしている。戦争に発展することを恐《おそ》れはしないのかと思えば、人間は魔族を処刑する前に魔力を吸い取り、それで巨大《きょだい》な兵器となる呪具《じゅぐ》を作っているのだという。

人間の国から攻撃《こうげき》しても、ヴィシュタントの奥にある魔王の城を一発で破壊《はかい》できるほどの威力《いりょく》。そう文書には書かれていた。

つまり、兵器の完成と同時にヴィシュタントは滅《ほろ》ぼされる。

当然魔族がそれを許容できるはずもなく、対応策として書かれていたのは、リーヴァロバーへ攻め込み、兵器を奪還《だっかん》。その兵器で逆に人間たちを滅ぼそうというものだった。

（ヴィシュタントが滅ぼされても、人間全部殺そうってなっても、どっちにしろ私は死ぬ気がする！）

　人間に向けて兵器が使われそうになれば、さすがにメノウは止めようとする。凄惨《せいさん》な光景をこの世に生み出したくはないからだ。しかし、魅了にかかっているゼルとは違《ちが》い、ヴィヴィや他《ほか》の魔族は、人間に肩入《かたい》れするメノウを怪《あや》しむだろう。そして最悪の場合、メノウは疑われ殺される。

　ゼルは心配そうに目を細めた。

「まだ目覚めたばかりで、あんな猛獣《もうじゅう》たちのいる場所へ参加されるなど……」

（猛獣……）

「情報が必要なら、ヴィヴィに持ち帰らせればいいことですが……メノウ様自身が、議論に参加されたいのでしょうか？」

「え、ええ……そ、そうです」

　メノウはひるみつつもそう答えた後、おそるおそるヴィヴィを見た。

「あの、ダメでしょうか」

　メノウの視線を受けると、彼女は左右に首を振《ふ》った。

「私はどうこう言える立場ではございません。序列三位のメノウ様がそうおっしゃるのであれば、私に止める権利など……それに、ゼル様もこれで出席くださるのでしょう？」

「答えるまでもない」

ゼルの言葉を受け、ヴィヴィはくるりと向きを変え廊下《ろうか》を歩き出した。

「こちらです」

ヴィヴィに案内され、メノウは彼女の後をついていく。

「そういえば、ヴィヴィさんは戦争に反対なんですか？」

メノウが目覚めてすぐ部屋に飛び込んできたヴィヴィは、このままいけば戦争だと騒いでいた。あれは戦争を避《さ》けたいがための言葉にも聞こえたのだが、どうだろう。

「ええ、そうです。……昔は人間なんて全員配下にすればいいと思っていましたけどね。今は、ヴィシュタントの平和を何より望みます。……守りたい家族がいるのです」

（家族……）

メノウの記憶の中で、ヴィヴィが好戦的だったことはない。妹か弟か知らないが、メノウが生まれた頃《ころ》にはすでに存在した家族なのだろう。

「ですが、魔王様が不在の今、私のような考えを持つ魔族は少数です」

（まあ……そうだよね。だから出席するって言ったんだけど……）

放《ほう》っておいてどうにかなる問題でないことは、昨夜資料を読んで理解した。今阻止《そし》しなければ、開戦は時間の問題だ。

そもそも四百年以上も昔、隣国《りんごく》リーヴァロバーと和平を結んだのは現魔王だ。人間の文化や技術の価値を理解した現代でも、一部の魔族は、魔力を持たない人間を見下している。

今回、その人間に刃《やいば》を向けられ、魔王まで捕らえられたのだ。相当頭にきている者がほとんどだろう。いまだリーヴァロバーと戦争になっていないのは奇跡《きせき》とも言える。

(魅了《みりょう》にかかっているゼルさんに頼《たの》めば、戦争を止めてくれるかもしれないけど……)

そうなれば、今度は人間が兵器を完成させ乗り込んでくる。さすがに、それはゼルでも止められないだろう。なにせ、城を吹《ふ》き飛ばすという兵器だ。

(どうせ逃《に》げ回ったって、望む平和は手に入らない。それなら)

まずは戦争を止め、リーヴァロバーへ乗り込み兵器を壊《こわ》し、魔王を奪還するのだ。

それは昨夜何度も何度も考え、結論づけた答えだった。

和平を結んだ張本人の魔王なら、きっと戦争を望むことはしない。ゼルも本来の主《あるじ》を取り戻《もど》し、メノウにまとわりつくことはなくなる。そして、あのメノウに甘い魔王に願い出て、一人保養地《ほようち》でゆっくりと暮らすのだ。

階段を下がり、扉《とびら》の前に立った。披露宴《ひろうえん》会場の入り口のような、重厚《じゅうこう》で大きな扉だ。

「準備はよろしいですか？」

メノウがうなずくと、ヴィヴィが扉を開いた。

一歩足を踏《ふ》み入れると、机がぐるりと円を描《えが》いて置かれ、十人以上の魔族が席についていた。中にいた魔族たちが一瞬《いっしゅん》だけざわつき、静かになった。昨日のうちにヴィヴィから聞いていたのか、メノウの生存を疑問視する声はないようだ。

見れば、ああこんな人いたかも、といった顔ぶれ。ヴィヴィの二倍ほどの身長がありそうな筋肉男に、いかにも好色らしいだらけた色気を振りまく男。そっくりな顔をした姉妹に、人工的な銀髪《ぎんぱつ》を持つ少年。ほとんどの魔族にはツノがあり、メノウと同じようにツノが隠《かく》れているのは二人ほどしかいない。

皆威圧《みないあつ》的な雰囲気《ふんいき》を放っており、メノウは気圧《けお》され逃げ出したくなるが、ここで逃げるわけにはいかない。あと、正体がバレるわけにも。

（だったら——）

大丈夫《だいじょうぶ》だ。自分は序列三位。この中では一番上の位のはずだ。

メノウは腰《こし》に手をあて口を開いた。

「リーヴァロバーと戦争を起こすつもりと聞いた。本当か？」

以前の自分を思い出して口調を真似《まね》しようとしたが、中途半端《ちゅうとはんぱ》にしか思い出せず、結局美咲の知る悪役の口調になった。

「当然だろう。お主が生きていたにしろ、魔王《まおう》が帰ってこない。捕虜《ほりよ》にされたのであれば、攻め込み奪還すべきだ！」

机をダンッと叩《たた》いて一人の男が立ち上がった。たぶんこの人が、昨日ヴィヴィが名前を出していたディース、序列五位。魔王の命にあまり忠実ではなく、好戦的な筋肉質の男だ。

「今こそ魔族の力を知らしめる時ですわ」

似た顔を寄せて二人でうんうんうなずくのはフィーナ姉妹。十位と十一位と、序列までが近い。魔族《まぞく》は治癒《ちゆ》力のためにどの人物も肌《はだ》が綺麗《きれい》だが、さらにこの姉妹は化粧《けしょう》で顔を塗《ぬ》り固め、石像のような肌をしている。

「戦争など極端《きょくたん》な話だと思っていたが……明らかに人間側に用意があるとなれば、こちらも身構えざるをえません」

ファーガスのことは覚えている。序列六位で、誰《だれ》よりも父を尊敬し、意思を尊重してくれていた。

メノウはもう一度部屋に視線を走らせ、他に意見が出ないことを確認《かくにん》する。

「理由はそれだけか？」

メノウが聞くと、目覚めたメノウの様子を窺《うかが》うように、皆《みな》口をつぐんだまま。なんと言うつもりかを見守るつもりなのだろう。

大丈夫。昨夜、覚悟《かくご》を決めた。

（絶対……絶対絶対絶対、私は平和を手にする！）

もう二度とあんな惨《みじ》めな死はごめんだ。今度こそ自分の思いどおりに生き、満足な、穏《おだ》やかな死を迎《むか》えるのだ。上級魔族なのでめったなことでは死なない気もするけれど。

「我々が普段《ふだん》使う呪具は、誰が作ったものだ？　普段口にする食料は？　リーヴァロバーの人間は貴重な技術者、そして労働力だ」

「しかし放っておけば我々を――」

「わ……たしが、リーヴァロバーへ行き、兵器を奪《うば》い魔王を奪還《だっかん》する」

なんとかぎりぎり、決めていた言葉を口にできた。

真の目的である兵器を壊す発言を避けたのは、反論がくると考えたから。ここで妙《みょう》な反発を誘《さそ》うよりも、リーヴァロバーへ行った後黙《だま》って壊せばいい。昨夜何度も何度も考え、これが一番だと結論づけたのだ。たぶん今の自分なら、人間の国に行っても違和感《いわかん》なく人間として振る舞《ま》える。

「あなたが？」

フィーナ姉妹が苦笑《くしょう》し、鼻で笑う。

「失礼ながら、メノウ様。あなたは序列三位でありながらこの場の誰よりも弱いのでは？」

「いやでも、人間相手ならむしろ魅了は有効じゃないか？　人間は魔力抵抗《まりょくていこう》がない」

「いや、魔力抵抗なくても条件があるだろ。外見は良くても、あんまり人に好かれるタイプじゃないし、ずっと小物感あったし……」

好き勝手なことを言い始める魔族たちに、メノウは自分の人望のなさを呪《のろ》った。相手もこちらも人ではなく魔族だが。

「ならばどうする？　人間を滅《ほろ》ぼし農耕生活でも送るか？　都合が悪いものは消し、手に入らなくなればその場で対処する――まるで知能を持たない魔物《まもの》だな」

言ってすぐに、やばい言いすぎたと焦《あせ》る。ちなみに、魔物というのは空想上の生き物ではなく、実際にこの世界に存在するものだ。人が魔力を持つ者が魔族なら、動物が魔力を持つ物が魔物だ。身体《しんたい》能力だけでなく体の作り自体が動物と異なり、呪具《じゅぐ》を持たない人間が戦うには厳しい相手。中には魔族同様、魔術《まじゅつ》を使いこなすものもいる。

（ああ……視線が痛い。怖《こわ》い。いやでも、ここで退《ひ》いて戦争になるわけには！）

「僕は、メノウ様に従います。忠実なしもべですので」

胸に手をあて礼をする長髪《ちょうはつ》の男は、ユノ・カーティス。序列四位で、メノウの魅了にかかっている男だ。昔は自分の実力で魅了にかけたと思っていたが、今冷静に考えると、単純に彼がものすごく女好きで魅了にかかりやすかっただけだと思う。

「その女は、本物のメノウ・ヴィシュタントなのか？」

その発言には思わず息が止まった。

銀髪の少年が立ち上がり、テーブル越《ご》しにまっすぐにメノウを見た。

一応、ヴィシュタントでは序列は絶対とされ、上位の者に不躾《ぶしつけ》な口をきかないルールになっている。しかし、なんちゃって序列三位のメノウに対しては、そのルールは微妙《びみょう》に守られていない。その証拠《しょうこ》に、少年はメノウを呼び捨てにしている。

「ここへ運ばれた時のメノウを、俺も確認した。魔力はなかった。一度仮死状態となった魔族が生き返ったとして、その中身は本当にメノウなのか？　人間の罠《わな》という可能性は？

……俺たちを謀《はか》り侵攻《しんこう》を遅《おく》らせ、その間に兵器を完成させようとしているのかも」

（きゃ――！　いい線いってる！）

ゼルに似た髪型《かみがた》をした青い瞳《ひとみ》の少年は、立ち上がると身長の低さがよく分かる。少々童顔で、顔がふっくらめの小さなゼルみたいでかわいいが、目つきはかわいくない。幼い外見に反し、ツノはヴィヴィと同じくらい立派なものだから、メノウより長生きではあるのだろう。

（見覚えはあるんだけど、名前……思い出せないな）

メノウが思い出せないのなら、それほど上位の魔族ではないのかもしれない。

テーブルについている魔族たちも、「確かに前とぜんぜん違《ちが》う」「偽者《にせもの》なのか？」などとざわつき始める。すると、後ろで黙っているだけだったゼルが進み出た。

「黙って聞いていれば……貴様らは、序列の意味を忘れたか？」

目覚めてから初めて聞く、おそろしく不機嫌《ふきげん》な声だった。さほど大きな声でもなかったのに、ゼルが発言した途端《とたん》に場が静まり返る。自分より上位の魔族の発言は遮《さえぎ》らない。メノウだとそのマナーは守らないくせに、ゼル相手だと全員守るらしい。

「メノウ様の序列を言ってみろ。貴様らの序列は？　ここには数も数えられない愚《おろ》かな魔族しかいないのか。……この場には不要な存在だな」

腰に差した剣《けん》にゼルが触《ふ》れたのを見て、慌《あわ》ててメノウは彼の腕《うで》を掴《つか》んだ。

「ゼ、ゼルさん！　あ……えっと……話し合い！　話し合いがいいと思います！」

いまだ眉間《みけん》に皺《しわ》を寄せているゼルを見て、メノウは言葉を足した。

「その、ここで血を見るのは、い、嫌《いや》だなあと……」

「！　も……申し訳ございません！」

ゼルが慌てて剣から手を離《はな》す。

「刺殺《しさつ》など配慮《はいりょ》が足りませんでした。今から全員地中に埋《う》め……」

「なくていいので、その……ゼルさんの意見は？」

メノウを偽者呼ばわりした少年がメノウを睨《にら》む。メノウとゼルのやりとりが序列通りでないことに不快感を抱《いだ》いたのだろう。しかし、それに気づいたゼルがそれ以上の凄《すご》みで睨み返すと、慌《あわ》てて彼が頭を下げた。

ゼルが彼らに向かって口を開く。

「人間相手に戦争など、くだらない」

「しかし――」

反論しようとした魔族が意見を述べるより早く、ゼルは言った。

「リーヴァロバーへは俺も行く。それで文句はないだろう」

「ゼル様が!?」

「……リーヴァロバーへ攻《せ》め込むのではなく？」

フィーナ姉妹が口を開けば、ゼルはゴミを見るような目で一瞥《いちべつ》し、吐《は》き捨てた。

「さきほどメノウ様がそうおっしゃった。繰《く》り返させるな」

話は終わりだ、とばかりに、ゼルが身を翻《ひるがえ》し会議室を後にする。逆にヴィヴィは会議室へ入り、「結論は出ました。議事録を作成し、後日欠席した魔族にも共有しておきます」と会社員みたいなことを言っている。

メノウは戸惑《とまど》ったままだったが、この場に残るのは怖かったので、ゼルの後を追って部屋を出た。そして彼に話しかけようとしたのだが。

「お待ちくださいゼル様！　ゼル様が行かれるのであれば、私たちもお連れくださいっ！」

彼の腕に自分の腕を絡《から》め、豊満な胸を押しつけるフィーナ姉妹。

「離せ。目障《めざわ》りだ。失《う》せろ」

（ひいいいいぃぃ）

怯《おび》える自分と、これだこれ、と妙に納得《なっとく》する自分がいる。昔のメノウも、こんな扱《あつか》いだった。この、ゴミを見る目だ。

振《ふ》り払《はら》われたフィーナ姉妹が、キッとメノウを睨む。

「なぜゼル様ともあろうお方が、こんな女に！　こんな、なんちゃって序列三位――」

（あ、口に出された）

皆内心で思いはしても、はっきりとは口にしてこなかったのに。

しかしフィーナ姉妹がそう口にした瞬間《しゅんかん》、氷のようなゼルの視線が二人を貫《つらぬ》いた。二人が怯え、身を寄せ合い、小さく震《ふる》える。

「なぜ、メノウ様なのですか……その方のどこがいいのですか」

「すべてだ」

「――っ！　なぜ、以前は……それに、どうして私たちではないのですか？　私たちの何が気に入らないのですか！」

「存在」

フィーナ姉妹よりも、メノウのほうが震えた。

(怖い……怖い……怖すぎる！　会社の鬼《おに》部長よりよっぽど怖い！)

メノウが思わず後ずさると、それに気づいたゼルが「いかがされましたか？」と心配そうにメノウの様子を窺う。

「あー……えっとー……」

メノウがさらに後ずさると、少し考えた様子の彼が、ハッと口元を押さえ横を向いた。大方、昨夜のメノウの発言を思い出したのだろう。好みは、誰《だれ》にでも優《やさ》しい人。

とりあえずメノウはここから退散することにした。

「あの……私はリーヴァロバーへ行く準備をしますね」

「かしこまりました。ヴィヴィ！」

名を呼ばれ、ヴィヴィが部屋から顔を出す。

「私、事後処理があるんですけど！」

「エース、ヴィヴィの作業を代われ」

さきほどメノウを偽者と疑った少年が出てきて、ゼルへ深々と頭をさげる。エース。言われてみれば、確かそんな名前だった。

「かしこまりました」

(私のことは偽者呼ばわりして呼び捨てにしてたのに……)

相手がゼルだと、皆《みな》こんなにも態度が違うものか。人望がないないとは思っていたけれど、我ながら、さすがなんちゃって三位である。しかし、今までゼルにすらひるまずにいたヴィヴィが、急にうろたえてエースを見た。

「エ、エース様……ですが」

おろおろする彼女に、ゼルが不機嫌そうに眉《まゆ》をひそめた。

「上位魔族《まぞく》の命を拒むのか？」

そう口にしてから、ハッとメノウを振り返り、もう一度彼女を見る。

「いや……頼む。他《ほか》の魔族にメノウ様の手伝いは任せられない」

ヴィヴィとエースが目を丸くしてゼルを見た。

(——めちゃくちゃ、めちゃくちゃ無理をしている)

さきほどの不機嫌さを表情から消しているが、その顔が硬《かた》い。やはりゼルの本質はさっきのフィーナ姉妹へ向けていたあの態度なのだ。そう思えば、彼と二人きりでリーヴァロバーへ行くことに恐怖《きょうふ》を感じた。

「あ、あの、どなたか！　どなたか、もう一人くらいリーヴァロバーへ一緒《いっしょ》に……」

「私が！」

「俺が！」

「必ずお役に――」

どうやらゼルの役に立ちたいらしい魔族が、いっせいに手をあげて彼のもとに集まる。

(ひいいいい！　あのフィーナ姉妹まで手をあげてるし！)

怖《こわ》い。彼女たちが来るのだけは勘弁《かんべん》してほしい。突《つ》き刺すような殺意を感じる。

戸惑うようにゼルがメノウを見た。

「私と二人きりは、お嫌ですか……？」

問いかけられ、「えっと……」とまごつく。彼はさみしげに苦笑《くしょう》すると、ヴィヴィに声をかけた。

「ヴィヴィ、同行してくれ」

「え……」

ヴィヴィがエースの顔色を窺《うかが》う。彼は小さくうなずいた。

「行け。後のことは俺がやっておく。危険だと思えばお前一人で逃《に》げてくればいい」

「――でも」

「今のリーヴァロバーに魔族は入れない。人間として忍《しの》び込むなら、それなりの知見が必要だ。それに、呪具《じゆぐ》の手配や寝所《しんじよ》の確保に、定期の報告や諜報員《ちようほう》とのやりとり。これだけのことを、お前の他に誰ができる？」

エースが問いかけるが、確かに上級魔族でありながら、魔王《まおう》の秘書のように財政や城の管理を行っていたヴィヴィなら可能だろう。他の上級魔族は、そういった作業は部下の下級魔族に任せている者がほとんどだ。

「……だから、行け。命令だ、ヴィヴィ」

エースのその言葉で、彼がヴィヴィより上の序列であることが分かった。

「……かしこまりました」

命令と言われれば拒否《きよひ》できなかったのか、彼女は神妙《しんみよう》な面持《おもも》ちでうなずいた。


その日一日で荷物の準備はできた。昔のメノウとは違《ちが》って、極限まで荷物を少なくした旅路。必要なものは途中《とちゆう》の街で調達すればいい。あとは、明朝、客間に用意した布袋《ぬのぶくろ》三つを外の馬に括《くく》りつけるだけだ。

「これで、明日の朝には出発できますね」

メノウはそう言うと、息をついてソファに深々と腰《こし》かけた。

客間には絵画や調度品が飾《かざ》られ、食器棚《だな》もある。生活感のないメノウの部屋よりよほど落ち着く場所だ。

ソファに座りぼんやりしていると、ゼルが心配そうに声をかけてきた。

「メノウ様、気が進まないのですか？」

「え？　それは、まあ、敵地に乗り込むわけですから……」

「……そうですね。ですが、大丈夫《だいじょうぶ》です。命に代えてもメノウ様は私がお守りします」

「それは……ありがとうございます」

確かにゼルがいれば、そういう面では心強い。兵器を壊《こわ》し魔王を奪還《だっかん》した後、果たしてこの魔族から離《はな》れられるのだろうかという点は不安になるが。

「でも、ゼルさんは憂鬱《ゆううつ》じゃないんですか？　一時的とはいえ、住み慣れた場所を離れるわけですし……」

「私はメノウ様のおそばにいられるのなら、そこがどこだろうとかまいません。ずっと二人でいられるのなら、私は、それだけで……」

「私もいることをお忘れなく」

メノウとの距離《きょり》を縮めようとするゼルを牽制《けんせい》するように、ヴィヴィがじろりと彼を睨《にら》む。

行くのに乗り気ではなかった彼女には申し訳ないが、ゼルが選んだのが彼女で良かったと心から思う。ゼルに物申せるのは、魔王の側近であるヴィヴィだけであるらしい。

ゼルは彼女の言葉を受けると、黙《だま》り込んでソファに座り直した。その仕草がどこか気だるそうに見えた。そういえばさきほどから、昨日よりもまばたきが少なく、見ようによってはぼうっとして見える。

「あの……ゼルさん、体調は大丈夫ですか？」

「え？」

「少し……昨日と違う気がして」

「問題ありません」

「……本当に？」

もう一度聞くと、ゼルは申し訳なさそうに目をそらした。

「——その……正直に申し上げますと、昨夜寝《ね》ておらず」

「ええ!?　なんでですか!?」

「眠《ねむ》れば、メノウ様がどこかへ消えてしまうのではないかと……そんな気がして」

（わ、私が逃げたからか——！）

昨夜窓から外へ飛び出したが、一度部屋に戻《もど》った後も、また抜《ぬ》け出すのではないかと危《き》惧《ぐ》されたのだろう。夜の一人歩きを心配されたに違いない。

「ね、眠らないとダメですよ。リーヴァロバーへ行くだけでも馬で三日の距離です」

「承知しております。ですが、今夜も眠れそうになく。ご迷惑《めいわく》はおかけしませんので……」

「だ、ダメですって」

魔族なので一週間くらいなら眠らなくても体力は保《も》つのかもしれないが、それでも普通《ふつう》睡眠《すいみん》は毎日取るもの。本調子ではなくなるはずだ。

「あの……どうすれば眠れそうですか？」

「……メノウ様が、どこへも行かずそばにいてくださると思えば、なんとか」

「ど、どこにも行きません。これからリーヴァロバーへ行かないとですし」

とりあえず今という意味なら、嘘《うそ》は言っていない。

「……目を覚ました時、メノウ様が目覚めたのが夢だったらと思うと、怖いのです」

(怖い……怖い⁉　序列二位のゼルさんが⁉)

ゼルに恐怖を抱《いだ》かせるなど、これが魅了《みりよう》によるものだと思えば、ヴィシュタントで一番恐《おそ》ろしいのは魅了の力だ。序列二位と四位の二人以外にはまるで効いていない力だけれど。

「その………私がそばにいれば、眠れます？」

「……手に」

「え？」

「メノウ様のお手に触《ふ》れていれば、眠ることができるかもしれません……」

「……」

そうして結局、メノウはソファに横たわったゼルの近くへ座り、彼の手を握《にぎ》ることとなった。五分も経《た》たないうちに、彼の呼吸が規則正しく、ゆったりしたものに変わる。

「………魅了の力、怖い」

一人つぶやく。呆《あき》れたようにしながらも、荷物の最終確認《かくにん》をしていたヴィヴィが言った。

「以前は喜んで使ってましたのに」

「いやいや……こんな人の人生をねじまげるような力」

始終メノウのために時間を割《さ》き、あげく眠れなくなるなんてかわいそうすぎる。見れば、眠っているゼルは、メノウの手を握りこころなしか幸せそうな顔をしている。

(考えてみれば、上級魔族《まぞく》のゼルさんですらこの様子じゃ、リーヴァロバーへ行ったら大変なことに)

目が合った人間すべてを魅了にかけてしまう。旅を続けるほどにメノウを追う人間が増え、長蛇《ちょうだ》の列ができ、お忍びなんてほど遠い旅路になる。

「あ、あの、ヴィヴィさん。魅了を抑《おさ》えることってできないんでしょうか？」

「上級魔族であれば、自分の力を抑制《よくせい》することなど当たり前にできると思いますが。体から漏《も》れ出る魔力《まりょく》を抑えて気配を消すことも可能ですし」

「え⁉　それどうやってやるんですか⁉　私できないんですけど！」

文字と一緒《いっしょ》で過去の自分は習得してこなかったのだろう。誰《だれ》かに教えられた記憶《きおく》すらない。半泣きで聞くと、ヴィヴィは小さく息をつき、荷物からブレスレットを出した。

「さすがにメノウ様がそのまま歩けば、すぐに魔族ってバレますからね。用意してました」

「！」

ブレスレットには、親指の爪《つめ》ほどの黒い水晶《すいしょう》がはめられていた。なんらかの呪具《じゅぐ》だ。

「これは、抑制の呪具です。魔王様が人間に試験的に作らせたものと聞いています」

「抑制の力を呪具に入れ込んだんですか」

魔王の持つ能力は抑制の力だ。その力で近くにいる魔族の魔力を抑え込み、拳《こぶし》一つでどんな魔族もひれ伏《ふ》せさせてしまう。

「はい。はめていれば、ある程度魔力は抑制され、魅了の力も抑えられます。ですが、今申し上げた通り試験的なものです。完全ではなく、あまりに強く力を振《ふ》るえば魅了は発動してしまうので、ご注意を」

ゼルの手を握ったままで片手しか使えないメノウに、ヴィヴィがブレスレットをはめてくれる。自分では何かが変わったようには感じないが、これで魅了の力は抑制されるのだろう。こんな便利アイテムをすでに用意してくれていたとは、感激だ。

「ヴィヴィさんて、すごく優秀《ゆうしゅう》なんですね」

「！」

「ゼルさんが同行者にヴィヴィさんを選んだ理由、よく分かりました。それに、父がヴィヴィさんをそばにおいた理由も」

彼女の表情は変わらなかったが、頬《ほお》が少しだけ赤くなっている。

(うわ、かわいい……)

メノウの視線に気づいてか、こちらに背を向けると、袋《ふくろ》の口をぎゅっぎゅと締《し》めた。

「私は先に部屋に戻ります。部屋の扉《とびら》、開けておきますね。何かあれば叫《さけ》んでください」

男であるゼルと二人きりにすることを、彼女は気にしてくれたようだ。つっけんどんな物言いだが、不思議と怖《こわ》さは感じない。

「ありがとうございます」

メノウが笑顔《えがお》を返すと、彼女は居心地《いごこち》の悪そうな顔の後、黙って部屋を出ていった。

やがて、寝る前に約束した三十分が過ぎてもゼルが目を覚まさず、二時間経ち、さすがに部屋に戻ろうと彼の手をほどいて立ち上がった時だ。

「部屋に戻られるのですか？」

背を向けた瞬間《しゅんかん》に声をかけられ、振り向くと、体を起こしたゼルがこちらを見ていた。

「申し訳ございません……少しの時間、と思っていたのですが、甘えてしまったようです。部屋までお送りいたします」

「……どうも」

やはり、魅了の力は恐ろしい。彼とは早々に距離《きょり》を置き、メノウへの執着《しゅうちゃく》から解放してあげる必要がありそうだった。

❖　❖　❖

深夜。城にいる誰もが寝静《ねしず》まった時間に、ゼルは一人城壁《じょうへき》の上に座っていた。下に転がる数々の魔族は、リーヴァロバーへ一緒に侵攻《しんこう》すると集まってきた中級以下の魔族たち。誰から聞きつけたのか知らないが、ゼルがリーヴァロバーへ行くと聞き、攻《せ》め込むものと勘違いしたらしい。

気を失っていなかったのか、一人の魔族が震《ふる》えながら体を起こす。

「なぜ……なのですか……？　リーヴァロバーへ攻め込むなら、少しでも戦力が大きいほうが良いではありませんか」

「攻め込むのではない。ただの魔王《まおう》の奪還《だっかん》。数が増えても邪魔《じゃま》なだけだ」

「では、なぜ……我々を、殺さずにおいたのです？」

帰れと言っても聞かなかった連中だ。これまでであれば、自分の意に反して動く魔族を容赦《ようしゃ》なく斬《き》り払《はら》ってきた。

男の問いかけに、あらためて下を見る。絶命している者も深い傷を負った者もなく、ただ気を失っているだけの者ばかり。人に優《やさ》しく、という意味がいまだにゼルは理解できずにいたが、おそらく今のメノゥは、誰であれ、魔族が傷つくことを好まない気がする。

「今のメノゥ様は、争いを好まれない」

メノゥがいる方角へ視線を向ける。魔王の呪具を身につけたからか、以前よりも感じる魔力が弱々しい。これから魅了にかかる者が出ないことは、ゼルにとって喜ばしいことだ。彼女にまとわりつく虫はいらない。

彼女がつないでくれた手を見下ろす。温かく、やわらかかった彼女の手。触れているだけで、指先が甘くしびれるかのよう。今も彼女の手の感触《かんしょく》が残っている気がして、自分の手のひらに口づけた。

一切《いっさい》感動を覚えなかったこの世界のすべてが、彼女の存在一つで塗《ぬ》り替《か》わる。与《あた》えられて初めて、自分がひどく飢《う》えていたことに気づく。今後も彼女がいれば、この世界は色彩《しきさい》を持ち、香《かお》りを持ち、意味を持つのだ。手に入れたかった感情《もの》がこれからも簡単に手に入るのだと思えば、歓喜《かんき》に心が震える。

（メノゥ様……）

それにしても彼女は、まるで別人のようだった。昔はゼルを追い回していたのに、今の彼女はゼルに興味がないようだ。彼女の口から聞いた理想を思い出すと、胸に鋭《するど》い痛みが走った。しかし、大丈夫《だいじょうぶ》だ。彼女の前では完璧《かんぺき》に演じればいいだけのこと。

ふと、新しい魔族の存在を感じた。性懲《しょうこ》りもなく噂《うわさ》を聞きつけてやってきたのだろう。
ゼルは城壁から下り、腰《こし》から剣《けん》を抜《ぬ》いた。

この世界ケイトルには、魔族、魔物《まもの》、そして人間がいる。

生存能力は高いが子を宿しにくい魔族は、人口はわずか十万と、東京の一パーセントほどもない。メノウには学がなかったので詳《くわ》しくは不明だが、対する人間の数は億単位だ。

リーヴァロバー以外にも人間の国は点在しているが、人間は魔族を恐《おそ》れているためにほとんど交流はない。人間ほどの文化や技術のない魔族は、唯一《ゆいいつ》、隣国《りんごく》リーヴァロバーとの交流で栄えてきた。そのリーヴァロバーにはヴィシュタントの三十倍ほどの人間がいる。しかし国の面積はと言えばヴィシュタントの三倍ほどしかないため、国境を越《こ》えた後は、馬を十日も走らせれば王都に着く。まあ、魔王が王都にいるとは限らないが。

ヴィシュタントから三日ほど馬を走らせ途中《とちゅう》の街の宿に泊《と》まりながら進み、この日、メノウたちはリーヴァロバーにある端《はし》から二つ目の街、ベルストへたどり着いた。国境の街はヴィヴィがいろいろ呪具《じゅぐ》を用意してくれていたおかげで、誰と争うこともなく通過できたのだ。

ベルストはあまり栄えた様子はなく、街を囲む城壁も壊《こわ》れ朽《く》ちたまま放置され、ぼろぼろだった。王都から離《はな》れ人口の少ないこのあたりの街こそ、魔物から身を守るために強化する必要があると思うのだが。

中に入れば、露店《ろてん》で物を売る人々もどこか覇気《はき》がなく、子どもを連れ歩く母親や大人たちも元気がない。反対に、街の中心にある貴族のものと思われる屋敷《やしき》だけは、立派で輝《かがや》いて見えた。

「さびれていますね」

メノウは手綱《たづな》を持ち馬を連れて歩きながら、自分の斜《なな》め後ろを歩くヴィヴィに声をかけた。彼女は今呪具のイヤリングをつけ、その効力で髪《かみ》と瞳《ひとみ》の色を赤から茶色へと変えている。元はファッション用に作られた、魔族《まぞく》にとっては人間へ変装するための呪具だ。変換《へんかん》型の、中級・上級魔族用の品。ツノについては訓練次第《しだい》で隠《かく》せるとのこと。消しているのか引っ込めているのか、今はゼルとヴィヴィにツノはない。

メノウは元からツノは見えないし、髪色も人間にある色なので、これまでと変わらない容姿だ。服装は足元まで隠れるほどの紫《むらさき》のドレスにローブを羽織っている。ドレスの素材は薄《うす》く軽く動きやすく、馬に乗るのに支障はなかった。ゼルの服は城にいた時と同じ黒衣のまま。

設定はこうだ。メノウが家出中の良家の娘《むすめ》で、ヴィヴィが侍女《じじょ》、ゼルは護衛。人間と話す場面があっても、メノウが訳ありなので聞かないでという顔をすれば、深く身の上を探られることはないだろうという作戦だ。

「ええ。税の徴収《ちょうしゅう》が厳しくなったとかで、王族とのコネがない街はかなり苦しんでいるようです。魔族の魔力《まりょく》をタダで奪《うば》っておきながら、不思議な話ですね」

本来、魔族の魔力を吸い取らせるのに、魔族は金銭を要求する。種類や量によって値段は様々だが、そう安価ではない。

「コネというのは？」

「聞いたところ、税が上がったのは、半年前に城へあがった寵妃《ちょうひ》の贅沢《ぜいたく》のせいなんだそうです。で、その寵妃に気に入られれば税も減額されるとか……現在の国王はそう馬鹿《ばか》ではなかったはずですが、どうしたんでしょうね。ところで」

ヴィヴィはメノウに近寄り、声をひそめた。

「ゼル様と何かあったんですか？」

「え？」

「リーヴァロバーへ来てから、避《さ》けてらっしゃいますよね。メノウ様」

「ええ!?　い、いや……そういうわけじゃ」

メノウは少し離れて歩くゼルを振《ふ》り返り、慌《あわ》てて前を向いた。

ツノがなく、さらにイヤリングをつけ黒髪《くろかみ》となったゼルは、顔が良すぎることを除けば、見た目はほとんど人間と変わらない。前は現実味がなく、がんばれば作品を見る目で彼を見ることができたが、今は一人の人間――ではなく、魔族として見える。

常に嬉《うれ》しそうにメノウを見つめてくる彼と数日一緒《いっしょ》にいれば情も湧《わ》きそうになるが、いかんせん、いずれ離れる間柄《あいだがら》だ。距離が近づきすぎるのは良くない。

「……はあ」

うつむいたメノウを見て、ヴィヴィが察したという顔をした。

「恋《こい》をしましたね」

「ええ!?」

「分かります分かります。あの魔王様を抜いてダントツ人気ですからね。独身ですし」

「そ、そうなんですね……。じゃなくて！　恋とかではないんです」

「では、なぜ距離を置くんですか？」

いずれ離れる仲だから、などと正直に言うわけにはいかない。目的を果たした後は、一人静かな隠居《いんきょ》生活をと思っているが、それを知られれば止められるだろう。仮にも魔王の娘だ。

「えっと……その」

ちらっともう一度後ろのゼルを見る。

「黒髪が……見慣れなくて。ただそれだけです」

「つまり、好きと」

普段《ふだん》無表情の彼女の口元が、弧《こ》を描《えが》いている。ニヤニヤ笑っているのだと理解した。

「ほんと、ヴィヴィさんが思っているようなものじゃないので！　それより、今日泊まるところを決めませんか？　ほら、あそこなんてどうです？」

メノウは会話を終わらせようと、適当な建物を指差した。


ヴィヴィはすでに泊まる宿は決めていると言い、三人は小さめの宿へとやってきた。彼女が取ってくれた部屋に荷物を置いてメノウが一階へ下りると、階段の下に二人の姿があった。小声で何かを話しているようだ。

（あれ……？）

ゼルが、ヴィヴィに対し心から嬉しそうにほほ笑《え》んでいる。初めて見る様子への驚《おどろ》きが、一瞬《いっしゅん》胸の痛みにも感じ、ないないと否定した。

（一時的に一緒にいるだけの人だし）

ただ正直、彼はメノウ以外の人ににこりともしてこなかったので、笑顔を向ける相手は自分だけなのだと思ってしまっていた。ゼルがメノウに気がついて、機嫌《きげん》が良さそうなまま声をかけてくる。

「メノウ様、食事に行かれますか？」

「はい」

「こちらです」

事前に店を確認《かくにん》してくれていたようだ。ゼルに案内されるが、ヴィヴィに呼び止められた。

「すみません、私は受付に寄ってから行きますので、先に行っていてください」

「あ……分かりました」

なにやら受付に行き、話を始める彼女を置いて、メノウはゼルに案内されるまま宿内にあるレストランへと移動した。店員にテーブルへ案内され、席についた後、メノウは沈黙《ちんもく》もなんだろうとゼルに話しかけた。

「あの、最近は眠《ねむ》れてるんですか？」

「はい。隣《となり》の部屋で眠ることをメノウ様が許してくださいましたので」

隣の部屋なら、メノウに何かあってもすぐ助けに行ける距離《きょより》だと、ゼルは喜んでいる。

「ええと……それなら良かったです」

短い会話はすぐに終わり、次の話題はと考える。

「そういえばさっき、ヴィヴィさんと話されてましたね。その……なんの話をされてたんですか？」

「ああ……私が何かメノウ様に嫌《きら》われるようなことをしたのかと思っていたのですが……

そうではないと知り、安堵《あんど》していたのです」

「え?」

「メノウ様は黒髪が好みと聞きました」

水も飲んでないのに、げほっとむせる。

(ヴィヴィさん――!)

違《ちが》うと言ったのに。それに、仮にそれが正しかったとして、本人に言うだろうか。

「あ、あのですね! 見慣れないって言っただけで、好きとは言ってません!」

見慣れないという単語を、彼はマイナスに受け取ったようだ。

「不快ですか? 気に入らないのであれば、ヴィヴィのものと交換《こうかん》します」

好きに色を変えられるというわけではないらしい。一つの呪具《じゅぐ》には、一つの効力。

「気に入らないわけじゃないです。ですから、その……見慣れない、だけで」

困った顔のメノウの横顔を見つめ、ゼルは何度かまばたきすると、ほほ笑んだ。

「いずれにせよ、嫌われたわけでないのであれば安心しました。この国へ来てから粗相《そそう》をしてしまったのか……それとも、城でフィーナ姉妹へ見せた表情がいけなかったのか、眠れないと二時間も拘束《こうそく》してしまったことがいけなかったのかと考えておりました」

「そ、そういうのでは! あ、いえ、確かにフィーナ姉妹へ向けた表情は怖《こわ》かったですけど……眠れなくて手を握《にぎ》っていたのは、別に」

ぼうっと何かを待つことは苦にならない。それに今は考えることも多いし、なにより彼の寝顔《ねがお》を見つめる時間はなかなかの至福だった。彼が起きている間は、彼の顔を見るなど緊張《きんちょう》を強《し》いられ気圧《けお》されるだけだが、寝顔は無害だ。

「その、誤解させるような態度をとってしまって、ごめんなさい」

「メノウ様が謝罪されることは何もございません」

キラキラの笑顔だ。以前のゼルのことを思い返せば、魅了《みりょう》の力というのは本当に恐《おそ》ろしい。彼を作り替《か》えてしまっているかのようだ。

(本当……今のゼルさんは優《やさ》しいけど、この優しさに慣れないよう気をつけよう)

彼の優しさが隣にあるのに慣れてしまえば、魅了がとけた時――もしくは一人になった時に、寂《さび》しい想《おも》いをするだろう。

やがてヴィヴィがやってきて席につくと、彼女がなにやら紙を取り出した。

「それは?」

「この国の城に密偵《みってい》を送り込んでいて、彼からの手紙です」

「密偵……」

人間のふりをして潜《もぐ》り込んでいるということなのだろう。彼女が受付に寄っていたのは、自分宛《あ》ての手紙を受け取りに行っていたのだろうか。そういえば宿もすでに決めていると言っていたし、こちらの動向もその密偵に伝えているのだろう。

「これまでの報告もあわせて最初から話すと……現在の国王はフィリップ・リーヴァロバー。三年前に前国王が亡《な》くなり、二十八歳の若さで国王となっています。前国王に続き善政を行っていましたが、半年前から様子がおかしくなったようです」

「半年前……」

ちょうど自分が魔力を吸い取られ、意識不明の状態でヴィシュタントへ返された頃《ころ》だ。

「正妃と仲がよく、それまで側室をとらなかったようですが、ロザリアという人間を側室に迎《むか》えてから贅沢《ぜいたく》な暮らしをするようになったそうです。また、魔《ま》族《ぞく》に言いがかりをつけて処刑《しょけい》を始めたのも同時期ですね。魔族の持つ魔力《まりょく》を奪《うば》い取ることが目的なのか……はたまた、魔族を根絶やしにしたいのか」

「根絶やし？　リーヴァロバーにもメリットはありませんよね」

「ええ……やってることはむちゃくちゃです。ただ、単なる寵妃《ちょうひ》のワガママに振《ふ》り回されているにしては、きっちり魔族から吸い出した魔力を兵器にしてるあたり、計画的ですね」

確かにヴィヴィの言うとおり、あらかじめ戦争に備えようとしていたとも考えられる。

彼女は残念そうに息をついた。

「魔《ま》王《おう》様は城から連れ出されたまま、所在は分からないようです……兵器については、引き続き城の設備で製作中とのこと。王都に乗り込むのはさすがに骨が折れますね。先に魔王様の居場所を突《つ》き止め、取り戻すべきでしょう」

やがて前菜やスープと魚料理が一度に運ばれてくると、ヴィヴィが手紙をしまい食べ始めた。数日一緒に過ごしているが、彼女は小さい体なのによく食べる。

「メノウ様、食欲《しょくよく》がないのですか？　お疲《つか》れでしょうか」

なんとなくヴィヴィを眺《なが》めてしまったメノウに、ゼルが声をかけてくる。

「あ、いえ、そういうわけでは……に」

人間の頃と違って体が軽いと言いかけて、慌《あわ》てて言い直す。

「二倍は食べられそうだなと思って、ヴィヴィさん。食べっぷりがいいから」

「む」

ヴィヴィがもぐもぐしていた口を止め、じろりとメノウを見る。

「う、嘘《うそ》ですごめんなさい！」

「別に謝らなくても……前から思ってたんですけど、序列十三位の私にメノウ様が敬語を使われるのは不自然ですよ。前の通りでいいです。あと敬称《けいしょう》もいらないです」

「え？　ええと……それならヴィヴィさんも敬語は外して」

「それは無理です」

途中《とちゅう》で遮《さえぎ》られ、ばっさり切られた。タメ口は断るくせに、敬われている気がしないのはなぜなのだろう。

「曲がりなりにもメノウ様は序列三位です。私が軽《かろ》んじていい相手ではありません」

「……あ、じゃあ序列が私より上のゼルさんは、敬語を外せますか？」

「え？」

「なんだか年上の方に敬語で話されるの、落ち着かなくて」

「――」

ゼルは戸惑《とまど》うように、口元に指をあて目をそらす。

「わ……私などが、メノウ様に……」

「お願いしても、ダメですか？」

ばっさり切ってくるヴィヴィより、ゼルのほうが押せば通りそうだと判断した。敬語で接せられると、なんだか人を従えているようで落ち着かないのだ。もともと、人に命じたりお願いしたりするのは苦手なのに。

「メ、メノウ様のお願いとあれば……れ、練習します」

（練習……）

めずらしくゼルが言いよどみ、さらに練習と口にした。これはおそらく、彼の敬語が外れる日は来ないだろう。

「ところで、メノウ様は？　なぜ私に敬語を使われるように？」

彼の問いかけに、昔の自分は、序列が上である父に対してもゼルに対しても、敬語を使っていなかったことを思い出した。恐ろしいことに、いずれ自分が従える相手だと信じていたのだ。まあ確かに、序列二位のゼルを魅了にかけられたようではあるが。

(恐縮《きょうしゅく》すぎる……)

自分のことはよく分かっている。本来、魅了にかからない上級魔族の中で、魅了の力しか使えないメノウは一番下だ。

(大した戦闘《せんとう》力もなくて)

それはこの先、魔物《まもの》もいる世界で問題になるかもしれないな、と思った時だ。小さな地《じ》響《ひび》きを感じ、周囲を見回した。気のせいかと思ったが、グラスの水面が揺《ゆ》れている。

「なに……?」

この状況《じょうきょう》で、ヴィヴィはグラスを手に平然と水を飲んでいる。

「さあ……魔物ですかね。魔力を感じます」

「ええ!?」

「数が多い……この街は壊滅《かいめつ》するかもしれませんね」

「ええ!?」

ヴィヴィとゼルの言葉に、メノウの声がひっくり返る。

(待って待って待って……え？　戦争になって魔族に滅《ほろ》ぼされちゃうそれ以前に、勝手にすたれて魔物に攻め込まれて自滅《じめつ》しちゃうの？)

おそるべきリーヴァロバーの混乱具合である。

「に、に、逃《に》げないと」

メノウは席を立ち、レストランを出て廊下《ろうか》を走り、宿の外に出た。人々はまだ、揺れる地面に対し不安そうな顔をしているだけだったが。

「来たぞ――！　魔物だ！　逃げろ！」

男がやってきて叫《さけ》んだ途端《とたん》、悲鳴があがり、次々に街の人たちが男が指した方向へと逃げていく。遠くでは武装した兵が逃げる人々に何事かと聞いている。そのうち魔物を倒《たお》すべくこちらへ来るだろう。

（問題は、人間の兵で倒しきれるかだけど……）

メノウは宿の裏の厩《うまや》から馬を出すと、その馬を足がかりにして宿の屋根上に登った。遠目に見えるのは、豹《ひょう》が巨大化《きょだいか》したような魔物の群れ。

（こんなの……無理だ）

この街にどれだけ兵がいるかは知らないが、こんなさびれた街、あの魔物の群れが走りすぎるだけで廃墟《はいきょ》と化すのではないだろうか。

下からヴィヴィの声が聞こえた。

「なんだか、普通《ふつう》の魔物より魔力量が多いような気がしますね……どうしますか？　メノウ様。次の街へ行かれますか？」

メノウが迷い、返事に窮《きゅう》した時だ。

子どもの泣き声が聞こえた気がして視線を向けると、地響きにより崩《くず》れた建物の瓦礫《がれき》に足を取られた四歳ほどの子ども。他《ほか》の人間が逃げているのに、子どもは泣いたまま動かない。

「メノウ様!?」

突然《とつぜん》屋根を飛び降り駆《か》け出したメノウに、ヴィヴィが何事かと声をかける。だが、すぐに彼女もメノウが何をしようとしているか気づいたようだ。

しかし、子どものもとまであと少しというところで、思わず足を止めそうになった。

――ガアアアアアア！

魔物だ。逃げ遅《おく》れた子どもを狙《ねら》っているのか、距離《きょり》を詰《つ》めている。今子どもを助けに行けば、メノウも一緒《いっしょ》に殺されるかもしれない。

（でも――ダメ。絶対今世では穏《おだ》やかな生活を送るって決めてるのに。こんな光景、寝覚めが悪すぎる！）

ぐっと拳《こぶし》を握《にぎ》り、全力で駆けた。子どものもとにたどり着いてなんとか瓦礫を持ち上げると、子どもの足を解放することができた。子どもが地面に手をついて立ち上がる。

「ママ！　――ママ！」

「リリア！」

誰《だれ》かを呼ぶ声がして顔を上げると、母親らしき人物がいた。しかし子どもに駆け寄るでもなく、青ざめた顔で子どもとメノウの後ろを見ている。さきほど魔物がいた方向だ。

「！」

振り返れば目の前に魔物がいて、思わずメノウは子どもを母親へと突き飛ばしていた。

(ダメだ、私は避《さ》けられない――――！)

魔物の牙《きば》が体を貫《つらぬ》くことを覚悟《かくご》し、強く目を閉じた。

――ガアアアアアァァ！

しかし体に痛みはなく、聞こえたのは魔物の苦しむ声だった。その後遅れて、涼《すず》しげな声が耳に届く。

「メノウ様が望む平和とは、魔族《まぞく》だけのものではないのでしょうか？」

驚《おどろ》いて目を開けると、剣先《けんさき》から血を滴《したた》らせ、黒髪《くろかみ》のゼルがこちらを見下ろしていた。

(平和？)

なぜそんな単語が彼から出るのだろうと思い考えて、いつかの自分が、目を覚ました時につぶやいたことを思い出した。

――平和に生きたい……

あの、目覚めたての独り言のような言葉を聞いて、それを覚えていたというのか。

魔物は深い傷を負い、地面に転がり苦しげに地面を引っ掻《か》いている。

「もはや交流のあった以前とは違《ちが》う。人間はあなたを害した連中です」

メノウが魔力《まりょく》を吸い取られ、ヴィシュタントに返された時のことを言っているのだろう。

「そう……ですね。でもそれは、一部の人間の話です。ただ……仮にこの街の人間が同じだったとしても……それでも私は、人が傷つく姿を見たくはありません」

人々が争い苦しむ世界で、自分だけ平穏《へいおん》に生きるなど無理な話だ。

彼の表情からは理解を得たようには思えなかったが、彼は疑問を返すことをしなかった。

「それが、今のメノウ様のお考えなのですね。——では、許可を。この街の命をすべて救うことは、力なしではできません。どうか、力を使う許可を」

それは魔術《まじゅつ》を使うということか。

振《ふ》り返れば、子どもを抱《だ》きしめていた母親が立ち上がり、メノウとゼルに頭を下げ、街の出口へ逃げていった。他の人々は全員逃げた後のようだ。二人とすれ違うようにしてヴィヴィがやってきて、会話を聞いていたのかため息をついた。

「そんな面倒《めんどう》なこと……人間じゃないって宣言するようなものじゃないですか」

彼女の発言など気にしたふうもなく、ただゼルはメノウの言葉を待っている。魔物の群れはあいかわらず街を荒《あ》らしているが、なぜか彼のいるここへは警戒《けいかい》し一定の距離を保っている。

だが放《ほう》っておけば、この街を破壊《はかい》しつくし、逃げ遅れた人々を喰《く》らい尽《つ》くすだろう。

「——許可します」

メノウが口にした瞬間《しゅんかん》、ゼルの髪色が銀へと変わった。耳につけた呪具《じゅぐ》への魔力供給をやめたのだろう。隠《かく》されていたツノが現れ、魔族らしい容姿に戻《もど》る。そしてさきほどより大きな地響きがしたかと思うと、尖《とが》った石が何本も地面から生えて街を荒らす魔物を串刺《くしざ》しにした。

（え…………）

ゼルが力を使うところをあまり見たことのなかったメノウは、絶句し呆然《ぼうぜん》とした。二十体以上はいたであろう魔物《まもの》が、断末魔《だんまつま》の叫びをあげ動かなくなる。しかし、すべてではなかったようだ。一体がゼルめがけて、高く跳躍《ちょうやく》してくる。

――魔族ガ手ヲダスナ

（しゃ、しゃべった⁉）

魔力を持つ魔物は長く生きることで知能を持つと聞いたことはあるが、実際に人語を話すのを見たのは初めてだ。

「やっぱり普通より魔力量が多そうですね」

――キイイィィィン

大して驚いた様子もないヴィヴィの声。同時に耳に響《ひび》く音が聞こえたかと思うと、ゼルへ向かってきた魔物は、氷漬《こおりづ》けになりゴトリと地面に落ちた。ゼルの視線を受け、彼女が肩《かた》をすくめる。

「これ以上服が汚《よご》れたら洗うのが大変でしょう？」

氷漬けにしたのはヴィヴィの力だ。序列十三位でいながら、高い戦闘《せんとう》能力を持つ。髪色が茶色のまま変わってないあたり、今くらいの魔術であれば余裕《よゆう》で発動できるということらしい。

（そうだ……ヴィヴィティアって）

氷の魔族として恐《おそ》れられていた人物。しかしいつからか、序列に興味をなくし、十三位のまま誰とも戦おうとしないのだという。昔のメノウはそんな彼女のことが理解できず、さっさと七位くらいまでのし上がればいいのにと思っていたくらいだ。

（私、この二人を敵に回したら、一分も生きてられないな）

ゼルは剣を鞘《さや》に収めると、メノウのもとへ駆け、手を差し出した。

「メノウ様、お怪我《けが》はございませんか……？」

ひどく心配そうな顔の彼の手を取り、ドレスの埃《ほこり》を払《はら》って立ち上がる。

「え、ええ……大丈夫《だいじょうぶ》です。あの……ありがとうございました」

彼がいなければ、この街は凄惨《せいさん》な光景になっていた。仮に人間だけで魔物を倒《たお》しきれたとしても、多くの仲間や家族を失い、絶望するばかりの場所になっていただろう。

「メノウ様のお役に立てたのであれば、これ以上の幸せはございません。けれど……無茶《むちゃ》をなさるのですね。一言命じていただければ、私が行きましたのに」

し。

メノウのドレスの汚れに目を落とし、小さな声で言う。寂《さび》しそうな彼は、命じてほしかったと、そう思っているのだろうか。なぜかメノウに仕えることを強く望んでいるようだ

「あ……」

――キィキィ

何かの鳴き声がして、新たな魔物かと慌《あわ》てて前方を見れば、体長五十センチほどの赤い鳥が魔物の死骸《しがい》に向かって降りてきた。赤鳥《セキチョウ》だ。美咲のいた世界にはいない、生き物の血を栄養にして生きる鳥。よく死骸に集まるので、不吉《ふきつ》の象徴《しょうちょう》とされる鳥だ。

「追い払いますか？」

「いいえ。別に悪さをするわけではないので……放っておきましょう」

誰かを殺し栄養を得ているわけではなく、死のおこぼれに与《あずか》っているだけだ。毎回死骸のある場所で見かければ不吉に見えはするだろうが、冷静に考えれば無害な鳥である。

（あれ？　そういえば、リーヴァロバーに来た時、あの鳥をどこかで……）

「いたぞ！」

メノウが何かを思い出しかけたが、人々の声で考えが中断された。魔物が殲滅《せんめつ》され、静かになった場所へ人間たちが戻ってきたようだ。

「あいつだ！　あいつが魔物を殺した魔族だ！」

断定的な口調でゼルを指差す。すでにゼルの髪色は黒に戻っていたが、魔物と交戦したところを見られたのかもしれない。

「魔族ならロザリア様のもとへ突《つ》き出さないと……」

「でも、私たちを助けてくれたんじゃ」

「魔族を匿《かくま》った街がどうなったか知ってるだろう！」

こわごわとメノウたちを見ながら、遠巻きに何かを言っている。

（ロザリア……さっきヴィヴィさんが言ってた、国王の寵妃《ちょうひ》……その人が、魔族を処刑《しょけい》して……）

「迷う必要はない！」

高々と宣言する声が聞こえたかと思うと、鎧《よろい》を着た兵士たちが走り出てきて、メノウたちを取り囲んだ。ゼルが腰《こし》の剣を抜《ぬ》き、ヴィヴィは兵たちを睨《にら》みつける。

瓦礫《がれき》を踏《ふ》む足音が聞こえてくると、兵たちが場所を空け、恰幅《かっぷく》のいい口ひげの男が現れた。丸い顔。髪と口ひげの両端《りょうはし》がぴょこんと上に跳《は》ねていて、何かのキャラクターのようだ。しかし全体の印象を裏切り、目と口元には卑《いや》しい笑《え》みが浮《う》かんでいた。寒い季節でもないのに、高そうな毛皮を肩からかけている。

「魔族は見つけ次第《しだい》ロザリア様に差し出す。それがルールだ」

「！」

どうやらこの地の権力者は、助けられた恩義を感じないタイプらしい。この街で唯一綺《ゆいいつき》麗《れい》な屋敷《やしき》に住む貴族。あまり良心に期待はできなそうだ。

（ゼルさんとヴィヴィさんがいなければ、この街はどうなっていたか分からないのに――）

報告では罪をでっち上げられ処刑とあったが、もうすでに魔族なら処刑というルールに変わっているらしい。

メノウたちを囲む輪が縮まり、ゼルがメノウへ問いかける。

「いかがいたしますか？」

正直、メノウは男の発言に腹を立てていた。感謝の言葉一つなく、恩を仇《あだ》で返す行為《こうい》だ。ゼルたちは、正体がバレることも厭《いと》わずに彼らを助けたというのに。

しかし、メノウがもしも彼らを邪魔《じゃま》に思う発言をすれば、ゼルはここにいる人々を一掃《いっそう》するだろう。たとえ彼が加減という言葉を知っていたとしても、骨を折った兵や手足を失った兵たちがのたうちまわる光景を見ることになりそうだ。

「……人は傷つけたくありません。できれば、投降したいのですが」

そして折を見て逃《に》げ出せばいい。ゼルとヴィヴィがいればたやすいだろう。

「承知いたしました」

ゼルがあっさりと剣を投げ捨てる。それを見て、どうやらこの街の領主らしい口ひげの男は、天を仰《あお》いで笑った。

「物分かりがいいじゃないか！　魔族《まぞく》など、知能を持たない魔物が人の真似《まね》をしているばかりかと思ったが……意外と話が通じるものだな」

「……」

彼の後ろから、子どもを抱《だ》きしめ震《ふる》える女性が口をはさんだ。さきほどメノウが助けた子どもの母親だ。

「あ、あの、その方は私たちを守ってくださったのでは。それに、以前は魔族とも手を取り合って……」

「貴様は化け物の肩を持つのか？　名前を言え。後で税を十倍にして徴収《ちょうしゅう》してやる」

母親は震えあがり、子どもをきつく抱きしめうつむいた。男がふんと鼻を鳴らしメノウに視線を戻《もど》す。

「魔物に、化け物呼ばわり……」

メノウはぽつりとつぶやいた。

（ゼルさんとヴィヴィさんに助けられておいて……この人は）

彼らが魔物を放置し、自分の身を隠《かく》すことを優先すれば、この街はどうなっていたか。

手のひらに爪《つめ》が刺《さ》さるほどに拳《こぶし》を握《にぎ》る。

メノウの小さな声は男までは届かなかったらしく、ただニヤニヤとこちらを見た。

「しかしそこの魔族はずいぶん綺麗《きれい》じゃないか。お前がもし命乞《いのちご》いをするのなら、お前だけはロザリア様に差し出さず、私のそばに置いてやろうか」

「——命乞いをすれば？」

聞き返して、男へと踏み出す。メノウのまっすぐな紫《むらさき》の瞳《ひとみ》を見て、男はだらしなく顔をゆるめた。

「……本当に綺麗な魔族だな。貴様ならロザリア様にも劣《おと》らない——」

「メノウ様！」

ゼルだけはメノウのやろうとしていることを見抜《みぬ》いたのだろう。

メノウは手を振《ふ》り上げ、男の頬《ほお》を思いきり引っ叩《ぱた》いた。叩《たた》かれた男が、ズシャアッと瓦礫の中に頭を突っ込む。

「ボルク様！」

兵たちが慌てて彼を支えた。領主は瓦礫の中からもがくように這《は》い出し、メノウを見上げた。その目が驚愕《きょうがく》と怯《おび》えに見開かれている。

思ったよりもダメージを与《あた》えてしまったようだが、後悔《こうかい》はなかった。怒《いか》りのためか体が熱く感じる。どうやっても二人に謝罪させる、という気持ちと共に、凄《すご》みをきかせて低い声を出した。

「人間のほうこそ恩義も感じない化け物か？　命乞いをするのは貴様らのほうだ。今すぐ顔を地につけ先の暴言を取り消せ。そうすれば命だけは取らないでやる」

瞬間《しゅんかん》、メノウに向かい額を地面にこすりつけたのは、目の前の男だけではなかった。

「魅了《みりょう》は使いたくないっておっしゃってませんでした？」

「ヴィヴィさん……わざとではないんです、わざとでは」

あれからどうなったかといえば、翌日の領主の椅子《いす》にはメノウが座っていた。ボルクという名の領主に土下座され、席を譲《ゆず》られ、屋敷の外には早朝からメノウへ貢物《みつぎもの》を捧《ささ》げるべく長蛇《ちょうだ》の列ができている。

「さすがはメノウ様でございます！　人間たちを無傷のまま支配下へ置くため、私に剣《けん》を捨てさせたのですね」

そういうわけではない。そういうわけではないが、ぐったりとしていたメノウは否定するでもなくゼルの言葉を受け止めた。

今いるのは領主の部屋。奥のテーブルにつくメノウと、壁際《かべぎわ》に立つゼル。ヴィヴィは部屋の中心にある客用のソファでくつろいでいる。そして開かれた部屋の扉《とびら》の前には、へこへこ頭を下げながら飲み物を運ぶ領主ボルクと、そのお付きの者たちが一目メノウの顔を拝もうと部屋の外にわらわら集まっていた。

とにかくメノウをもてなそうとする彼らになんとか落ち着いてもらうため、昨日からてんやわんやだったのだ。

ちなみに、魔族であることはすでにバレているため、ヴィヴィは赤い髪《かみ》のままで、くるんとしたツノも隠さずにいる。なのになぜかゼルは黒髪に戻し、ツノまで隠していた。

机に頬杖《ほおづえ》をついていると、ゼルが近づいてきた。

「メノウ様……手はもう痛みませんか？」

「え？　ああ、大丈夫《だいじょうぶ》です」

昨日ボルクを引っ叩いた時、彼の歯にでも当たったのか、指から血が流れたのだ。それを見た時のゼルの青ざめ具合といったら。

しかし自分は腐《くさ》っても上級魔族だ。少しの切り傷なら数秒で回復する。

顔を上げゼルを見ると、彼はいたましそうにメノウを見下ろし、もうすっかり治っている手をとった。

「おいたわしい……一言命じてくだされば、私が代わりを務めましたのに」

「ゼルさんが本気で殴《なぐ》ったら、たぶんボルクさん生きてないですね」

メノウはゼルの手をほどいて立ち上がると、三人分の飲み物をテーブルに置くボルクに近づいた。頬が真っ赤に腫《は》れていて痛々しい。

「あの、昨日はすみません……自分の力を忘れて思いきり殴ってしまって」

美咲の感覚でいた。女性の体で力いっぱい引っ叩いたところでたかがしれていると思っていたのだが、どうもメノウは、美咲の二倍ほどの力はありそうだ。見た目では細い腕《うで》でそれとは分からないけれど。

「い、いいいいえ！　あれは私が不相応にもメノウ様に失礼な発言を……」

「ですが、暴力で黙《だま》らせるのはよくなかったと……よろしければ、手当てでも」

「いけませんメノウ様！　そんな汚《けが》れた男に！」

慌《あわ》てたゼルに、後ろから手首を摑《つか》まれる。さらに、部屋の外で中の様子を窺《うかが》っていた兵たちがなだれ込んできた。

「メノウ様がされることはありません！　それであれば私が！」

「いえぜひ私が！」

「私が！」

兵士たちが叫《さけ》ぶ中、ヴィヴィは無言で立ち上がると、一人のまともそうな兵に声をかけて救急箱をとってこさせ、ガーゼに軟膏《なんこう》を塗《ぬ》りベタッとボルクの頰に叩きつけた。

「痛っ……！」

「痛いなら自分でやりなさい。世話のやける」

仕事を失った兵たちはしばし呆然《ぼうぜん》とした後、ハッと我に返るなりメノウを見る。

「わ……我々にも何か命じてください！」

「メノウ様のお役に立てるのであればなんでもする覚悟《かくご》です！」

「どうか我々をメノウ様の配下に！」

（わー……）

ゼルはどうやら、魅了にかかっている中ではマシな部類のようだ。こんな理性を失ったようにメノウに群がりはしない。

「何か望みはないのですか！」

一人の言葉に、メノウはひらめいた。

「そうか……お願い、ありました」

「「なんですか！」」

その場にいる人間の声が見事にハモる。

「魔王《まおう》を捜《さが》しているのです。所在を知りませんか？」

それぞれが互《たが》いの顔を見て、誰《だれ》も知らないと見ると、そろってこちらに向き直った。

「調べます！」

「ありがとうございます。ですがくれぐれも、私たち魔族からの依頼《いらい》とは気づかれないようにお願いしますね。気づかれたら……本当にどうしていいか、分からないので」

この理性を失って見える人たちがどう動くか分からず、ものすごく憂《うれ》いを込めた表情を見せ釘《くぎ》を刺《さ》しておく。

「「絶対にバレないようにします！」」

とまた声をそろえて言うと、やることを与えられた兵たちは、ボルクと共に部屋を出ていこうとした。

「あ、ボルクさんは待ってください！」

名を呼ぶと、ボルクは顔を輝《かがや》かせ、揉《も》み手をしながら振り返る。

「ボルクさんは、民《たみ》の税負担を今の半分にするお触《ふ》れを出してください。それから、今貯《た》めている財産を街の修繕《しゅうぜん》にあててください。特に街を囲む壁《かべ》を厚く……でなければ、私は安心してこの街で過ごせません」

口元に手をあて不安そうに目を細めれば、ボルクは「かしこまりましたー！」と勢い込んで出ていき、すぐに部下に命令を始めた。

魅了にかかった人間たちが全員出ていき、ようやく部屋が静かになる。

「……てっきり、自分へ貢《みつ》がせるかと思いました」

「この街を出る時には、ちょっとだけ恵《めぐ》んでもらいましょう」

「それにしても、騒《さわ》がしい連中ですね」

ヴィヴィの言葉にうなずきたくなるが、ここは我慢《がまん》だ。自分がうっかり魅了にかけてしまったのだ。彼らは被害者《ひがいしゃ》、むしろ謝罪すべきはメノウだ。魅了にかけた後は、せっかくだからと便利に使わせてもらったが。

（便利に使わせてもらったのは、あの人たちだけじゃないか……）

人間に限らずゼルにしても、魅了にかかっているのをいいことに、この街を救わせたようなものだ。魔物《まもの》を倒《たお》すのは一瞬《いっしゅん》で、大した労もなく救ってくれたように見えたが。

「そういえば、ゼルさんてどうして帯剣《たいけん》してるんですか？」

「この剣ですか？」

「はい。あんな一瞬で魔物を倒せるなら、あんまり必要がない気がして……」

「これも私の魔術《まじゅつ》の一つです。私は鉱物を操《あやつ》りますので、あらかじめこの世界で最も強い武器を生み出し、持ち歩いております」

「最も強い武器？」

二人の会話を聞いていたヴィヴィが口をはさんだ。

「原理は分かりませんが、なんでも斬《き》りますよね、それで」

「まあ……俺の魔力《まりょく》を込めても壊《こわ》れないよう作って、必要に応じて込めてるからな。大概《たいがい》のものは斬れる」

メノウは理解ができず眉《まゆ》をひそめたが、とりあえずなんでも斬れる剣なのだと理解した。彼が作った世界最強の武器というやつなのだろう。

メノウはテーブルに置かれた紅茶を飲み始めると、ゼルに声をかけられた。

「あの、メノウ様。少し席を外してもよろしいでしょうか。すぐに戻《もど》ります」

「あ……はい」

　別に断らずとも好きに動けばいいと思うのだが、リーヴァロバーへ来てからというもの、入浴と就寝《しゅうしん》の時以外は始終そばにいる気がする。メノウを守るためだろうが。

　彼が出ていくと、ヴィヴィが「良かったですね」とメノウに声をかけた。

「良かった？」

「あんな美貌《びぼう》で序列二位のゼル様を魅了《みりょう》にかけられたんですよ？　本当に嬉《うれ》しくないんですか？　昨日だって、あれだけけいた魔物を瞬殺《しゅんさつ》ですよ、瞬殺。しびれません？」

　ゼルに辛口《からくち》で接している時にはまったく想像できない感想に、びっくりして彼女を見た。

「……ヴィヴィさんて、まさかゼルさんのこと好きなんですか？」

「序列二位のゼル様ですよ？　好きじゃない人なんていいます？」

「そ、そうなんですか⁉」

「何をいまさら……メノウ様だってずっと追っかけてたじゃないですか。まあ、今のメノウ様は興味ないのか……」

「きょ、興味ないわけじゃ。でも……ヴィヴィさん、ゼルさんのこと好きなんですね」

　一人ゼルに辛口を向けるヴィヴィには、てっきり憧《あこが》れや恋愛《れんあい》感情はないのだと思い込んでいた。しかしそういえば、ゼルが先日唯一《ゆいいつ》笑顔《えがお》を向け話していた相手はヴィヴィだ。

「それは強い魔族には惹《ひ》かれますし……まあもっと正確に言うと、好きだった、ですかね」

「好きだった？」

「はい。ゼル様を追いかけているうちに、もっと素敵《すてき》な人を見つけてしまったので」

「あ、そう……なんですね」

無意識に胸をなでおろすと、ヴィヴィはニヤッと笑った。表情の少ない彼女は、どうも笑う時は口元だけで笑ってみせるようだ。

「安心しました？」

「！　べ、別にそういうわけじゃ……」

「前のメノウ様だったら、なんでこいつにゼル様がって思ったでしょうけど……今のメノウ様なら別にいいですよ」

「いいって？」

「ゼル様を恋人《こいびと》にしても」

げほげほとむせる。

「な、なんで……」

「だって今のゼル様、魅了にかかっているからとはいえ、今までで一番幸せそうですし。前のメノウ様だったら嫌《いや》でしたけど、今のメノウ様ならまあ……目覚めたては少し物足りない気がしましたけど、昨日のあれはスカッとしましたよ。ここの領主ぶっとばしたの」

（あ……）

初めて彼女のちゃんとした笑顔を見た。赤い髪《かみ》の少女は、とても明るい顔をして笑う。

「私たちが侮辱《ぶじょく》されたことに怒《おこ》ったんですよね？　あくまで可能性の話ですけど……今のメノウ様なら、序列三位にふさわしい魔族になることもあるかもって思いました」

「――――」

ヴィヴィの言葉に、認められた気がして嬉しくなってしまう。ぎゅっと拳《こぶし》を握《にぎ》りしめた。ダメだ。彼女とも一時的な仲なのだ。いずれ、メノウは保養地《ほようち》で生活を送る。その時には彼女とも離《はな》れ離れ。ヴィシュタントの中核《ちゅうかく》にいて、あんな怖《こわ》い上級魔族と接する日々などメノウには無理だ。ゆくゆくは、どこか誰も知らない場所で、ゆったり暮らすのだ。

それなのになぜ、彼女のことをもっと知りたいと思ってしまうのだろう。

「あの……ヴィヴィさんのさっき言ってた、もっと素敵な人って？」

「エース様です」

「エース？　あ……え……ええ!?」

エースといえば、魔王城での会議でメノウを偽者《にせもの》呼ばわりしたゼルと同じ銀髪《ぎんぱつ》の少年だ。思えば、どの魔族に対しても淡々《たんたん》と遠慮《えんりょ》のない物言いをするヴィヴィが、彼にだけは敬う態度をとっていた。

乙女《おとめ》のように頬《ほお》を染め、口元に手をあて目をうるませる。

「彼、ゼル様に憧れすぎて、身長もかわいい顔つきもぜんっぜん違《ちが》うのに、髪色も服装も似せて、使わないのに剣なんて持ち歩いて……もう本当にかわいくて。気がつけばゼル様じゃなくて、エース様のかわいさから目が離せなくなって」

好きだと言いながらひどい言いようだ。

「片思い……なんですか？」

「いえ。結婚《けっこん》してますよ」

「結婚⁉」

（あ……）

結婚という単語を聞き、ようやく彼のことを思い出した。エース・ハルト。ヴィヴィティア・ハルトと同姓《どうせい》ではないか。ゼルに近づくメノウを毛嫌《けぎら》いし、視界に入れないように避《さ》け、城での用事のほとんどをヴィヴィに託《たく》していた彼。メノウにとってはレアキャラだ。

「結婚式の時、まだメノウ様は生まれてなかったですからね……魔王《まおう》様は式に出てくださいましたよ。今では十三人の子どもがいます」

「十三！」

もはやどこから突《つ》っ込めばいいか分からない。そうだ、彼女は魔族《まぞく》なのだ。幼く見えても、もう百歳超《ご》えの大人なのだ。

「でも、城を出る前、命令だとかなんとか……」

「ええ、エース様は序列七位ですからね。序列十三位の私に命令を下すことは可能です」

「旦那《だんな》さんなのに……？　エースさんて、ヴィヴィさんに対しても厳しめだったような」

「その分、夜がものすごく優《やさ》しいので」

「…………」

「特に人前で厳しくした夜なんか、罪悪感なのか反動なのか、めちゃくちゃ愛してくれて」

「……………………」

幼く見えて、ヴィヴィはかなりの恋愛上級者だったらしい。結婚も出産も経験している上、夫婦仲《ふうふ》もとても良さそうだ。夜の話をされればメノウはもうついていけない。

(長年連れ添《そ》ったとしても、魔族は子どもができにくいはずで……なのに十三人？)

あっけにとられてヴィヴィを眺《なが》めてしまう。本人は両頬に手をあて、きゃっとでも言いそうな振《ふ》る舞《ま》いをしているが。やがて誰《だれ》を思ってか、やわらかい表情になる。

「今でも夫はゼル様に憧れ絶対服従の姿勢を崩《くず》しませんが、私は最初の子どもを産んだ時、穏健《おんけん》派の魔王様に仕えることにしました。この子には平和な世の中で笑って生きてもらいたい――そう思ったのです」

「――――」

彼女がなぜ強い魔族でありながら序列十三位に甘んじているのか。ようやくそれが分かった気がした。

やがてゼルが部屋に戻ってきて、ヴィヴィはいつもの彼女に戻った。淡々とした表情。さっきのは女子だけの秘密の会話というやつなのだろうか。もうのろける様子もなかった。

「？　ゼルさん、それ、どうしたんですか？」

戻ってきたゼルは、木製のトレイを持っていた。トレイに載《の》せられているのは、チーズケーキとコーヒーだ。

「メノウ様の理想が、チーズやケーキを食べる生活とおっしゃっていたので。昨夜、この街の菓子《かし》職人を見つけておいたのです」

「！」

いつそんなこと言ったっけ、と考えて、理想を聞かれた時に口にした言葉だと思い出す。

「あれ、覚えてたんですか……」

「メノウ様の言葉は一言一句覚えて……」

「お願いですから忘れてください」

ものすごく綺麗《きれい》な笑顔で怖いことを言わないでほしい。一言一句覚えていられたら、レコーダーが回っているかのようで緊張《きんちょう》する。

(だけど、チーズケーキ)

クリーム色のレアチーズの下には、ココア色の生地《きじ》が敷《し》き詰《つ》められている。

この世界で目覚めてから果物はよく口にしたが、ケーキが出てきたのは初めてだ。魔族にはあまりパティシエのような人はいないし、リーヴァロバーからの輸入は止まり、菓子の類もなかった。

「どうぞ。おかけください」

来客用のソファに座ると、テーブルにケーキとコーヒーが置かれる。

「ありがとうございます。あの、でも……」

ヴィヴィに視線を送ると、彼女は左右に首を振った。

「私はいいです。朝食べすぎたので」

「そう……ですか。じゃあ、いただきますね」

メノウは両手をあわせた後、ケーキを食べ始める。

「おいしい……！」

ひさしぶりのケーキ。果実とは違う甘さ。濃厚《のうこう》な味わいなのに、舌の上に載せるととろけていく。

「幸せ……」

恍惚《こうこつ》とした表情を浮《う》かべれば、ゼルがほっとしたようにほほ笑む。「もう恋人にすればいいのに」というヴィヴィの小さな声は聞こえなかったことにした。確かに今自分は幸せだけれど、それは彼が魅了《みりょう》にかかっているせいだ。それにもたもたしていたら、戦争が始まってケーキどころの騒《さわ》ぎじゃなくなるし。

「あ……そうだ」

戦争と考えて、昨日魔物《まもの》に襲《おそ》われた後に相談しようと思っていたことを思い出した。

「あの、私って、魅了の力以外なんの能力もないじゃないですか」

「とんでもないことでございます！　メノウ様は大変美しく聡明《そうめい》で、それにもかかわらず下々の者まで気にか――」

「そういう話じゃなくてですね。昨日みたいに戦闘《せんとう》になった時、私、何もできないなって」

ゼルとヴィヴィが顔を見合わせる。

「何かする必要あります？　私とゼル様がいますのに」

「い、いえいえ……いつまでも二人に頼《たよ》ってばかりだと申し訳ないですし。それに万が一荒野《こうや》で離れ離れになった時とか、即死《そくし》ですし」

「離れ離れになど！　常に私がお守りいたします！　ですからメノウ様は何も――」

「ありがとうございます、ゼルさん。でも、私自身が強くなりたいって思ってるんです」

ゼルは口をつぐんだが、表情が険しい。けれどここで意見を曲げるわけにはいかない。

ずっと彼に張り付いてもらわなければ生きられない人生など、メノウが望むものではない。

「ですから、何か戦闘用の呪具《じゅぐ》を手に入れることはできませんか？」

メノウの言葉を受け、ヴィヴィが得意げに腕《うで》を組んだ。

「私の先見の明を褒《ほ》めていただきたいですね……ちゃんと持ってきましたよ」

「持ってきてるんですか!?」

リーヴァロバーのどこかで調達できればと思っていたが、驚くべきことに準備してきていたらしい。ヴィヴィは一度席を外し、なにやら懐中電灯のような形のアンティークを持ってきた。文様の描《えが》かれた金の筒《つつ》。ライトと思ったのは水晶《すいしょう》だった。淡《あわ》い黄色の呪具だ。

「魔王様の奥方、アイリス様の遺品です。この呪具で、アイリス様の力、光の鎖《くさり》を使えます。あの方は中級魔族でそこまで強くはありませんでしたが、これは変換《へんかん》型なので、魔力《まりょく》の強いメノウ様なら、かなりの威力《いりょく》を引き出すことができるでしょう」

「……ヴィヴィ、それは以前メノウ様が嫌《いや》がった呪具だろう？」

「扱《あつか》いが難しいし鍛練《たんれん》が必要だからですよね。ですが、今のメノウ様がそんな理由で拒否《きょひ》されますか？」

「遺品……」

確かに、昔にもらって少しだけ練習したけれど、すぐに放《ほう》り出した記憶《きおく》がある。ゼルの魔術《まじゅつ》のように派手さがなかったことも一つの理由だろう。

（でも、今の私にとってそれはすごくありがたいかも）

光の鎖。魔力を物理的に存在する光に変え、鎖として操《あやつ》る。それはやみくもに誰かを攻《こう》撃《げき》してしまうものよりも、使いようによっては穏便《おんびん》に済むし、今のメノウに合っている気がする。扱いが難しくても、練習すればいいだけだ。

なぜだかおもしろくなさそうな顔をしているゼルを横目に、メノウは呪具を握《にぎ》るヴィヴィの手を両手で握った。

「ありがとうございます！　使い方、教えてください！」

ヴィヴィはメノウの言葉を予想していたかのように、小さな笑《え》みで応《こた》えてくれた。

（一）
後ろから頭を狙《ねら》う木刀を屈《かが》んで避《さ》けると、自分を狙った人間へと鎖を飛ばして絡《から》め、地面に転がす。次にメノウを左右から狙ってきた兵たちは、前に跳《と》んで避け、再び鎖を投げて二人をまとめて締《し》め上げた。


（二、三）

今のメノウはドレスではなく、貴族女性が乗馬の際に着そうな白いパンツに黒のブーツ姿だ。呪具を扱う上でジャケットは邪魔《じゃま》だったので、上は薄紫《うすむらさき》のブラウスだ。

広場にある丘《おか》にて、メノウは模擬《もぎ》試合をやっていた。兵士五人と戦うメノウを囲むのは人間の観客たちだ。

鎖はメノウの意思で切れて、呪具を振れば再び新たな鎖が出現し、また一人を捕《と》らえた。

（四）
最後の一人が不意打ちでメノウの足元を狙ったことに気づき、近くにあった木の枝に鎖をひっかけて体を引っ張り上げた。と思うと、今度は鎖を切って宙に体を放り出し、男の背中に飛び降りて地面に倒《たお》した。

「ふう……と、ごめんなさい！」

額の汗《あせ》を拭《ぬぐ》って立ち上がり、急いで男の上から降りる。
（五）
「お見事です、メノウ様！」

ゼルが賛辞をくれると、周囲で見学していた人間もパチパチと手を叩《たた》く。

ヴィヴィに呪具をもらってから七日間。メノウが依頼《いらい》した人間が魔王《まおう》を捜《さが》すのを待つ間、メノウは鍛練《たんれん》を積んでいた。ムチのようにしなる光の鎖が出る呪具を使い、兵たちに相手をしてもらっている。

（上級魔族《まぞく》でよかった……体がすごく軽い）

この体はもともと運動神経がいいのだ。コツを掴《つか》めば、複数人相手でも、それが呪具を持たない人間であれば勝利することは難しくなさそうだった。

（魔物も……この間の魔物なら、一体くらいは倒せるかな）

呪具に頼ったとしてもこれだけ強くなれるなら、以前の自分はサボりすぎだなと思う。

（それに、やっぱりちょっと頭も悪かった……）

何も考えずに行動しすぎだった。考えすぎてなかなか動けない今のメノウよりは良いのかもしれないけれど、相手を傷つけてしまうのはダメだ。後悔《こうかい》で自分が傷つく。

ゼルが近づいてきて、水の入ったグラスを手渡《てわた》してくれる。

「ありがとうございます、ゼルさん」

周囲で観戦していた人間もわあわあ騒ぎメノウに近づこうとするが、ヴィヴィに押し止《とど》められていた。あの場の全員が魅了にかかっているかと思うと、恐《おそ》ろしいし申し訳ない。

「メノウ様、そろそろ休憩《きゅうけい》にされませんか？　ケーキのご用意もできております」

一日に一回、必ず彼はケーキをすすめてくる。よほど自分はケーキ好きと思われているらしい。最近は鍛練のため消費カロリーも高いので、一日一つくらいは問題なさそうだ。

「そうですね……そろそろ休憩にしようかな」

メノウの言葉を聞くと、ゼルは心から幸せそうな顔でほほ笑んだ。メノウは彼の笑顔を直視しないよう、慌《あわ》てて視線をそらした。

（本当に、魅了にかかってるゼルさんがそばにいることに、慣れそうで怖《こわ》い……）

しかし、もう守られてばかりの自分ではないのだ。メノウは呪具を見下ろし顔をほころばせた。この呪具さえあれば、荒野を一人で歩くことも難しくなさそうだ。野盗《やとう》に狙われても撃退《げきたい》できる。自分一人でも生きていける。誰《だれ》かに頼る必要もなく、無理に関《かか》わる必要もなく、一人穏《おだ》やかな生活を送れそうだ。

人と関わるのは怖い。お願いされると断れないし、嫌《きら》われれば傷つくし。自分の意思を大事に生きると決めたけれど、もしも誰かと関わらずにすむなら、それが一番楽だ。

最近、ゼルとヴィヴィのことが気になりつつあるメノウは、彼らとの距離《きょり》に不安を感じていた。早々に距離を置かないと、離れがたくなってしまいそうだ。そしてくる、魅了《みりょう》がとける時。

(早く離れないと……)

もう自分の身は自分で守れる。これ以上ゼルのそばにいて、彼を魅了で虐《しいた》げたくはない。

ふと、虐げるという言葉に、昔の自分のことを思い出した。

「そうだ、ゼルさん。私、あなたに謝らなければいけないことが……」

「?」

「えっと……」

どう伝えようかと頭で整理していると、ゼルの顔に不安そうな色が浮《う》かんだ。

「メノウ様が私に謝罪されることなど何もありませんが。……私を突《つ》き放すようなことさえされなければ、何も」

「い、いえ、そういうことじゃなくて」

不穏《ふおん》な空気を感じ慌《あわ》てたところで、馬の蹄《ひづめ》の音が聞こえた。

音の聞こえたほうを振《ふ》り返ると、広場の隅《すみ》に荷馬車が二台停《と》まった。馬でついてきている人も何人かいる。ずいぶん派手な御《ご》一行だ。眺《なが》めていると、馬車から商人らしき人々が降りてきた。やがて、商売を始めるべく地面に品物を並べ始めたが、そのうちの二人がこちらの人だかりに気づいて歩いてきた。金髪《きんぱつ》と黒髪《くろかみ》の男だ。

「人が集まっていて、商売のしがいがある。何かおもしろいことでも？」

声をかけてきたふんわりした金髪の男に、メノウは警戒《けいかい》した。麻《あさ》の服を腰《こし》のあたりで黒紐《ひも》で括《くく》り、黒いズボンを穿《は》いている。服装が質素なのに反し、左腕《ひだりうで》に呪具《じゅぐ》のはめられたバングルがあった。装身具の呪具は高級だ。それだけならただの商売で儲《もう》けている男と判断してても良かったが、彼の振る舞《ま》いに気品がありすぎるように思えたのだ。

「模擬戦をやってたんだよ」

「メノウ様は大変強く美しくお優《やさ》しく、我らの希望なのです」

観戦をしていた人々が口々に言う。

街では、メノウがボルクに慈善《じぜん》事業を命じたという噂《うわさ》が流れ、恩人扱いになっている。その噂は人々にかけた魅了を強化しているようで、メノウを崇《あが》める人は増える一方だ。

男が興味を持ったようにメノウのもとへ歩いてきて、目の前で足を止めた。新緑色の優しそうな瞳《ひとみ》でこちらを見る。二十代半ばだろうか。目鼻立ちが整っていて若々しい。ゼルに見慣れていなければ、普通《ふつう》にかっこいい人だと思っただろう。片耳には瞳と同じ色の水《すい》晶《しょう》のピアスがあるが、これももしかしたら呪具かもしれない。

「僕はラディム・レイラント。君の名前は？」

「メノウ・ハルトです」

ヴィシュタントと言うわけにもいかずヴィヴィの姓《せい》を借りたが、なぜかゼルが眉《まゆ》をひそめた。そういえば、フルネームが必要な時にどの名前を使うか決めていなかったなと思う。

「メノウ……意識不明になられたヴィシュタントの姫《ひめ》と同じ名前だね」

すでに正体がバレかけているようだが、焦《あせ》りはなかった。どうせ周囲にいる人間たちの振る舞いで、メノウが人間でないことなどすぐに分かるだろう。

それよりも、意識不明になられた、と表現されたことに好感を持った。この人は、魔族にもきちんと人間と同じ敬意を払《はら》う人なのだろうか。しかし、好感を抱《いだ》いても警戒をとくわけにはいかない。彼の外見と内面の不一致《ふいっち》が、メノウの内の警鐘《けいしょう》を鳴らす。

ヴィヴィも街人らしくない男に警戒したのか、いつの間にかツノを隠し、茶髪に変え、人間を装っている。

「彼女はとても綺麗《きれい》な魔族だそうだけど……そういえば君も本当に綺麗だね。まるで本物のメノウ・ヴィシュタントみたいに」

メノウが一歩後ろへ下がると、ゼルが庇《かば》うように立った。男は武器を持っていないようだったが、後ろに控《ひか》える黒髪の青年が帯剣《たいけん》している。

メノウの警戒をとくよう、ラディムは一歩後ろに退《ひ》いた。

「模擬戦をしていたんだって？　僕とも一戦お願いできないか」

「一戦……ですか」

「呪具は使っていいよ。僕も使う」

　相手の呪具がどれほど高級でどんな種類のものかも知らないが、呪具を使えば、まずメノウが有利だろう。メノウの呪具は変換型《へんかん》。あらかじめ込められた魔力《まりよく》を使い果たせば役に立たなくなる消費型とは違《ちが》い、自分の魔力が尽《つ》きるまで使えるものだ。なにより、中級魔族以上の魔力を使った呪具は、高級かつ希少な品。流通しているものはほとんどが下級魔族の呪具だ。いくら彼が身につけている呪具が高級なものだとしても、せいぜい中級魔族の呪具。上級魔族の魔力をそそいで使うメノウの呪具と、威力《いりょく》には歴然とした差があるだろう。

「メノウ様、ここは私が」

「いえ」

　ゼルの申し出を断り、メノウは彼の陰から出てラディムに向き合った。

「もしも勝負に勝ったら、あなたの素性《すじょう》と目的を教えていただけますか？」

「それはいいね。僕が勝ったら、君の素性と目的を教えてもらおう。二月《ふたつき》前に来た時、この地はひどくさびれていた。いつか魔物《まもの》の侵入《しんにゅう》を許すだろうと危惧《きぐ》し、実際襲《おそ》われたと聞いたが……なぜなんだろうね。滅《ほろ》ぼされてもいなければ、以前より活気が増したくらいだ」

　彼はさきほどメノウと交戦していた兵に声をかけ、木刀を手にした。その先をメノウへ向ける。

「何が目的か、教えてもらおう」

彼が後ろに控えていた黒髪の青年に視線を向ける。童顔の黒髪の男だ。

「アルト、人払《ひとばら》いを」

呼ばれた彼は心得たように頭を下げ、周囲の人々に「危険なので」と人払いをした。呪具を使うと言っていたから、確かに周囲への配慮《はいりょ》は必要だろう。もしかしたら、手の内を人に見せたくないだけかもしれないが。

呪具と聞けば危険を感じたのか、野次馬たちはこちらを気にしつつも、おとなしくこの場を去っていった。ゼルとヴィヴィの二人も、邪魔《じゃま》にならないよう後ろに下がった。ゼルについては不承不承といった様子ではあったが。

「アルト、合図を頼《たの》めるか？」

「承知いたしました。——はじめ」

最初に動いたのはメノウだ。呪具を振り、金の鎖《くさり》をラディムの手にした木刀に絡《から》める。

その一瞬《いっしゅん》で勝負は終わりと思えたが。

「！」

彼が鎖に触《ふ》れると、鎖が霧散《むさん》して消えた。

「なっ……」

驚《おどろ》きの声は、メノウとヴィヴィから。メノウの魔力を抑《おさ》え込むなど、いったい何の呪具だというのか。彼が踏《ふ》み込んで木刀を振るうのを、後ろに跳《と》んで避《よ》けた。

（いや、でも……どうしよう）

一瞬だけ、腕《うで》にはめた抑制《よくせい》の呪具を捨て、魅了の力を使ってしまおうかと考えた。しかしダメだ。あれは強力すぎる。目の前のまともそうな男の人生を、また一つ潰《つぶ》してしまう。

男の腕の呪具を見て、ようするに彼が呪具を使う間もなく捕《と》らえてしまえばいいと考える。握《にぎ》った呪具に力を込め思いきり魔力を流し込み、ジャラジャラと大量に生み出された光の鎖で彼の体を束縛《そくばく》しようとした。狙《ねら》い通り、彼の体を鎖で絡めることに成功したが、しかし彼は応戦するでもなく、ただ耳の緑の水晶に触れた。

――ドンッ！

強い衝撃《しょうげき》を感じたかと思うと、メノウは次の瞬間、鎖ごと地面に這《は》いつくばっていた。

（何、あの呪具――）

地面に手をつくが、自分の体が十倍ほどに重くなったように感じる。

（いくらなんでも強力すぎる……この人、何者？）

顔を上げることすらできなかったが、それでもメノウはあきらめなかった。

（まだ、魔力は自由。呪具を使えば……）

自分の素性が知られることはかまわない。それよりも彼の素性を知りたかった。振る舞《ま》いからも想像していたが、もはやこれほどの呪具を持つ以上、彼が権力者であることは間違《ちが》いない。そうなれば、兵器や魔王《まおう》に関する重要な情報を持つ可能性も高かった。

しかし、ラディムはメノウの呪具を握る動きを見逃《みのが》さなかった。

木刀を振《ふ》り下ろし、メノウの腕を狙う。

「――！」

痛みを覚悟《かくご》し目を細めたが、次の瞬間、振り下ろされた木刀はゼルが摑《つか》んでいた。それでも振り下ろそうとするラディムと、それを防ぐゼルとの力で、木刀が震《ふる》えている。

「……君、よくこの呪具の力を受けて立っていられるね。この街を襲った魔物を壊滅《かいめつ》させたのは、君のほうだったのかな？」

「答える義務はない」

「……そうだね。話は彼女に聞こうか。勝負は僕の勝ちでいいよね？」

彼が木刀を引くと、ゼルが手を離《はな》す。

ようやく重力から解放されて、メノウは地面に手をつき体を起こした。そして魔刀を使い、ジャラジャラと鎖を引き戻《もど》す。鎖を消さないのは、ラディムから奪ったものの回収をするためだ。

「そうですね。私の素性をお話しします……ただし、あなたの情報もいただきますが」

「え？　……！」

メノウが鎖により手にしたハンカチを見せると、ラディムの顔が険しくなり、自身の胸《むな》

元《もと》を押さえた。メノウは彼を束縛するように見せ、こっそり彼の服の中からハンカチを抜《ぬ》いておいたのだ。誰《だれ》かを傷つけた経験がなくその行為《こうい》自体に抵抗《ていこう》があるメノウは、ここ最近の訓練で、鎖を自在に操《あやつ》るための訓練も重ねていた。

人間も魔族《まぞく》も、高位な身分の者はたいてい持ち物に家紋《かもん》を入れているものだ。予想どおり、メノウが手にしたハンカチには家紋があった。それに、布の下に何かがある。指輪だろうか。取り出してみれば、それにも文様が刻まれていた。

「ラディム様！」

アルトと呼ばれていた彼の従者が、こちらへ進み出て剣の柄《つか》に手をかけるが、ラディムが手をあげ制した。メノウはともかく、ゼルとの交戦を警戒《けいかい》したのかもしれない。

家紋は学のないメノウでも既視感《きしかん》を抱いた。もしかしたら、かなり有名な家なのかもしれない。

「ヴィヴィさん、この家紋がどこの家のものか……」

振り返り問いかけようとしたのだが、ヴィヴィはこちらに視線を向けることはなく、険しい顔でラディムを睨《にら》んでいた。

(ヴィヴィさん？)

「なんで……なんで、貴様が魔王様の抑制の呪具《じゅぐ》を……」

「あ……」

彼女の言葉にようやく気づいた。あの時光の鎖を抑え込んだのは、魔王の抑制の力だ。

「それに——なんでアーロンの力を！」

「！」

ヴィヴィが叫《さけ》んだ名前は、メノウが知る上級魔族の名前だ。そういえば石板から一人、名前が消えたと報告書にはあったが。

魔王派で心優《やさ》しく、まだ小さなメノウを抱《だ》き上げ、笑ってくれた彼を思い出す。遠い記《き》憶《おく》だが、確かにいつも父のそばにいる男がいた。当然、同じ魔王派のヴィヴィとも交流があったはずだ。彼が戦う姿は見たことがないが、メノウが幼い頃《ころ》、浮《う》かび続けるシャボン玉や花びらを見せてくれた気がする。彼の魔術《まじゅつ》は重力を操るものだった。

彼女に睨まれたラディムから表情が消える。その顔が、メノウには悲しそうに見えた。

「お前がアーロンを殺したのか！」

「僕じゃない」

「なら誰が！」

「僕ではないが……人間だ。謝罪して許されることだとは思ってない。だが、すまない」

「ラディム様！　あなたが頭を下げられることは……」

アルトがラディムを止めようとするが、ラディムは視線で彼を黙《だま》らせ、そのまま頭を下げ続けた。

「――――」

彼の態度に、いきりたったヴィヴィが次第《しだい》に落ち着いていく。やがてさきほど口をつぐんだメノウを見て、メノウが手にした指輪に気づくと、茶色い目を見開き、苦笑《くしょう》した。

「……あなたが頭を下げられますか。それはどういう意味で？」

「申し訳ないが、僕個人の謝罪だ」

「それはがっかりですね」

「だが、道を踏み外した国王の目をいつか覚まさせる。その時、もう一度謝罪させてくれ」

ヴィヴィは返事をしなかった。メノウは彼女が彼の正体を見抜《みぬ》いたのだと判断し、彼のハンカチと指輪を返した。受け取ったものを服の下に戻してから、ラディムは苦笑した。

「情けない……まぬけだね。まさかこれを盗《と》られるとは」

荷台のそばにいた彼の部下らしき人々が、様子を窺《うかが》うためか、次々に彼のもとへやってくる。ラディムは彼らに「心配ない。下がっていろ」と声をかけるが、彼は人望もあるようだ。彼らのリーダー的存在なのだとすれば、メノウにいっぱいくわされたのは彼にとっては許せないことだったのかもしれない。

「あの、まぬけだなんて……勝負は私が負けてますし」

「そうだね。それだけが救いだ。正直、魔族とはいえ女性に負けたらどうしようかとひやひやしていたんだ」

思いがけないラディムの言葉に、思わずメノウは笑った。会った瞬間に勝負をしてしまったし、魔族から奪《うば》った力を見せられたけれど、彼のやわらかい態度は人の警戒を溶《と》かしてしまうようだ。

（人望があるはずだわ）

見た目は好青年で、力と、たぶん権力もあり、人柄《ひとがら》も良い。彼を慕《した》う人は多いだろう。

メノウの笑顔《えがお》を見たラディムは、気恥《きは》ずかしそうに目をそらした。笑いすぎてしまったかもしれないと思い、口をおさえる。しかしほどなくして彼はメノウへほほ笑んだ。

「なぜこの街に活気が戻ったのか不思議だったけど、君の仕業《しわざ》だと思えば納得《なっとく》もできるね」

「え？」

「この街の何人かに話を聞いたけど、みんな君を崇《あが》めるからどんな女王様かと思っていたんだ。聞いていたとおりの美人だし、おまけに力もあって頭の回転も速い。だというのに……まったくおごっていないんだね。こんなに話しやすそうな娘だとは思わなかった」

メノウは顔を赤らめた。魅了《みりょう》にかかっていない人物からの褒《ほ》め言葉は、素直《すなお》に嬉《うれ》しい。

「それじゃあ、話を聞かせてもらいたいところだけど……場所を変えて話さない？」

確かに立ち話もなんだろう。それに、外では誰が聞き耳を立てているかも分からない。

「じゃあ、ボルクさんの屋敷《やしき》にでも行きましょうか」

あそこなら自由に使える。屋敷の人々に頼《たの》んで席を外してもらえば、込み入った話をしても誰かに聞かれることはない。草を踏《ふ》み歩こうとすると、ラディムに引き止められた。

「待って。ごめん、僕のせいなんだけど、顔に砂が……」

さきほど地面に這いつくばった時についたのだろう。メノウは自分で顔を拭《ぬぐ》ったが、位置が違《ちが》ったのか、苦笑したラディムがメノウの顔に手を伸《の》ばした。しかし――、
パンッと音がして、ラディムの手が払《はら》われた。

「え……」

「人間風情《ふぜい》が、メノウ様に触《ふ》れるな」

急に目の前に現れたゼルが彼の手を払ったのだと気づき、メノウは慌《あわ》てた。

「なっ……何やってるんですか！　ゼルさん！」

彼の服を摑《つか》んでメノウのほうに向かせる。彼の表情は苦々しげで、どこか苦しそうにも見える。そのままメノウの腕《うで》を摑んだ。

「話をする必要などありません、メノウ様。彼は人間です。力を持たない種族でありながら、あなたの父を拘束《こうそく》し数々の魔族を処刑《しょけい》し――」

「それはラディムさんがやったことじゃないでしょう！　いったいどうしちゃったんですか？」

ヴィヴィならともかく、ゼルが他《ほか》の人物の話を持ち出し誰かを否定することなど、あまりない。政治にも国の行く末にも興味がないものだと思っていたが。

「あ、あの、ラディムさん、すみません。少しここで待っていてもらえますか？」

明らかにゼルの様子がいつもと違う。彼を落ち着かせるためにも、これは事情を聞くべきだろう。ゼルから解放された腕で彼の手をとると、丘《おか》を下りてラディムたちから離れた。彼らに声が届かない距離《きょり》まで来て、メノウは声をひそめ彼に聞いた。

「あの……ゼルさん、彼のことが嫌《きら》いなのですか？　……そうじゃなくて、人間のこと？」

「メノウ様は、あの人間を信用するおつもりですか？　身分を偽《ぎ》装《そう》した、魔《ま》王《おう》様とアーロンの呪具を持つ人間です」

身分を偽装したと言い切るゼルは、指輪から彼の身分が分かったのだろうか。

「まあ……そうなんですけど。でも……なんとなく、なのですが。彼は信用できる気がします。その、人を見る目だけは少し自信がありまして……人の性格は顔というか、表情に出るかなって。あの人は悪い人には見えません」

さきほどのラディムの悲しそうな顔や、頭を下げる姿は、偽《いつわ》りには見えなかった。

人の顔を見れば、近づいて大丈夫《だいじょうぶ》な人かどうかがなんとなく分かる。美咲だった頃、トラブルを避《さ》けるために自然と身についた能力だった。まあ嗅《か》ぎ分けたところで、臆病《おくびょう》だった美咲には、付き合う相手を選ぶことなどできもしなかったが。

メノウの言葉を聞いたゼルから、表情が消える。

「……それは、会った瞬間《しゅんかん》に相手が分かるとおっしゃっているのですか？」

「あ、会った瞬間というわけではありませんけど……」

なぜだか、彼がひどく苦しそうだ。

「……目覚めてからのあなたのことを、覚えています。あなたは、あんなにも怯《おび》えて、ずっと緊張《きんちょう》をしている様子で……あれも、私を見極《みきわ》めた結果だったのでしょうか」

「！　あ、ええと、あれは目覚めたてで……そういうわけでは……」

とはいえ、ずっと離《はな》れたがっていることを考えれば否定しきれなくて、言葉が続かない。

そんなメノウの様子に、彼はうつむいた。

「ようやく最近になって笑顔を見せてくださるようになり、少しずつでも、私に心を許してくださっているものと……ですが、すべて私の勘違《かんちが》いだったのでしょうね。私への評価はすでに……なのにあの男には、出会ってすぐに笑顔まで――……」

ゼルが奥歯を噛《か》みしめる。これは魅了による嫉妬《しっと》だろうか。そう考えて、彼を落ち着かせようと口を開いたが。

「よりによって……人間などに」

「え？」

「何の力もない、下級魔族《まぞく》以下の低俗《ていぞく》な存在です。そんな者に、あなたが心奪《うば》われるなど許さない――」

「！」

（下級魔族以下の、低俗な存在……？）

　序列になど興味がないように見えたゼルが、階級意識を持っているとは知らなかった。そして、人間をさらにそれ以下だと口にする。彼がそばにいるのは、メノウが上級魔族だからなのだろうか。そう思えば、急に心が冷えた。

「メノウ様がお優しいのは美徳ですが、それと心を奪われるのは別です。人間になど――」

「人間だから、なんだっていうんですか？」

　自分でもこんな声が出るんだ、というくらい、底のほうから声が出た。紫《むらさき》の瞳《ひとみ》でゼルを睨《にら》みあげる。

「力がないから、低俗？　力がすべてってことですか？」

「――――」

　ボルクへ怒《おこ》った時を除けば、これが初めて怒《いか》りを見せた時だ。初めて見るメノウの表情に、気圧《けお》されたように彼が黙《だま》る。

「力を持っていたって、その力を使う人に志がなければ意味がない。私は力がなくとも、志を持ち、人に慕われ、種族を超《こ》えて人を尊重できる――そんな方のほうが、力だけがある人よりずっとずっと尊いと思います！」

　怒鳴《どな》りながら、どうして自分がこんなにも怒るのか分からず混乱した。

　力がすべてと聞こえたから？

低俗と言われたから？

言ったのがゼルだったから？

（私は――……）

彼自身の否定ともとれる言葉をぶつけたのだと気づいた時、彼から表情が消えていることにも気づいた。

「志に、尊重……ですか」

彼の声から感情が抜《ぬ》けている。その声に、目覚めてから最初に彼を見た時の恐怖《きょうふ》を思い出した。ずっと笑顔を見せてくれて、最近では彼のそばが落ち着くとすら思っていたのに。

「――薄々《うすうす》、分かってはいました。生まれながらに感情を持たず自分のない私は、あなたの一番にはなれないのだと」

「！」

「それでも……あなたのそばにいて、あなたの意向に添《そ》うよう振《ふ》る舞《ま》えば、永遠におそばにいられるのではないかと……そう思っていたのです。けれど……あなたは存外簡単に他の者に心を許すのですね」

「――――」

怖《こわ》いと思ったはずの彼の瞳は、ひどく辛《つら》そうな色を宿していた。青い宝石のような瞳に、怒りとも悲しみともつかない強い感情が揺《ゆ》れている。

彼がメノウの両腕を掴んだ。

「どうすれば私を見てくださいますか？　もしもこの世のすべての男が消えれば、私を見てくださるのでしょうか。魔族も人間も関係なく――いえ、女も含《ふく》め私以外のすべての者が死に絶えれば、私を必要としてくださいますか……？」

もしもメノウがうなずけば、彼は本当にこの世からメノウとゼルを残し、すべての生き物を殺してしまうのではないか。そんな恐怖を覚え、震《ふる》え始めた。

「…………」

彼はメノウの震えに気づくと、そっと腕を離し、さみしげな笑《え》みを浮《う》かべた。

「……もしも本当にそんなことをすれば、そばにいることを許されたとしても、永遠に笑ってくださることはないのでしょうね……」

「ゼルさん……」

「……今日は自室に戻《もど》ります」

片時も離れたがらなかった彼が、初めて彼のほうからメノウのそばを去っていく。

(私……)

彼の背を見ながら、メノウは彼と過ごしてきた日々を思った。

初めて会った時に無表情だった彼。

メノウの願いを聞き、街を救ってくれた彼。

毎日ケーキを差し入れて、メノウの喜ぶ姿を見ては嬉《うれ》しそうにしていた彼。

そして、城での夜。自分なんかと卑下《ひげ》するメノウを、そのままで良いのだと、自分は尊いと思うと、肯定《こうてい》してくれた彼。

(そうか……私)

人間など、と言った彼の言葉を思い出す。

(私、ゼルさんに、自分が否定されたと思ったんだ……)

メノウの中にある、本当の心を。自分を肯定してくれた口と同じ口で、メノウの中にある美咲の心を否定されたと思った。

(私がもし人間なら、ゼルさんは私を肯定してくれることはなかったのかな……)

それはそうだろう。魔族ではなく人間なら、そもそもゼルは魅了《みりょう》にかからない。

あの言葉は魅了にかかったから出ただけのもの。それでもメノウは、本当の自分を見つけ、認めてもらえたように感じて、心から嬉しかったのだ。

うつむき目を閉じると、涙《なみだ》が一つこぼれ落ちていった。

第三章　分かり合えない心

ボルクの屋敷《やしき》に場所を移し、メノウはラディムから話を聞いた。応接間には、他《ほか》はラディムの従者であるアルトと、ヴィヴィしかいない。あれだけメノウから離れなかったゼルは同じ屋敷にはいるようだが、姿を見せなかった。

「王弟……だったんですか」

ラディムというのも偽名《ぎめい》で、レアンドロ・リーヴァロバーが本名らしい。

「す、すみません。そうとは知らずご無礼を……」

「いや、君だって身分は同じでしょう。魔王《まおう》のご息女なわけだし……それより、大丈夫《だいじょうぶ》？」

「え？」

「明らかに元気がないから」

ラディムに問いかけられ、気を遣《つか》わせてしまったと慌《あわ》てて表情を切り替《か》える。

「大丈夫です。それより……どうして王族の方が、こんな辺境の街へ？」

「王命による地方監査《かんさ》だよ。……追い出されたんだ、城から。ロザリアを抑《おさ》えようとして返り討《う》ちだ。王命だと告げられれば、城を出ざるを得ない」

城では、国王が寵妃《ちょうひ》に心を奪《うば》われたまま、彼女の指示通りに命を下すのだという。最後の抑止力《よくしりょく》と言われていたラディムも、先日城から追い出されたということらしい。

「魔族《まぞく》の魔力から作った呪具《じゅぐ》はいくつか奪えたものの、ほとんどは彼女が持ってる。そういう意味でも、止めることは困難だ。だけど……僕はあきらめるつもりはない。必ず国王を元の賢王に戻す」

「そう……だったんですね」

それにしても、なぜここまで内情を話してくれるのか。自分は魔族なのにと、そう思ったのが顔に出たのだろう。

「この国がどういう方向へ向かうかは分からないけれど、僕自身は魔族と以前のような関係を構築したいと考えてる。それを、君には知っておいてほしかったんだ」

それは、魔王の娘《むすめ》であるメノウにという意味だろうか。

「魔王を助けに来たんだろう？　それとも、兵器を奪いにか……ロザリアに警戒《けいかい》されて僕へは情報が流れてきてはいないけど、魔王の所在ならいくつか思い当たる場所はある。後でここの領主に話しておくよ」

ボルクがメノウに付き従っていることは、この屋敷に来た時に知られている。メノウはありがたく頭を下げた。

ラディムが次の街へと旅立ってから、数日経《た》った後のこと。

「まだ仲直りしてないんですか」

ヴィヴィの声に読書を遮《さえぎ》られた。この場にゼルがいないことを言っているのだろう。

以前は三人でいる場所が心地《ここち》よいと感じていたが、今はこうしてヴィヴィと二人きりでいるほうが楽だ。とても鍛練《たんれん》など積む気が起きないメノウは、街を訪《おとず》れた時のドレスに身を包み、人間の報告を待って領主の部屋にいる。ゼルも屋敷の中にはいるようだが、どこにいるかは知らない。もう三日は彼の姿を遠目にしか見ていない気がする。

一週間ほど前、言いすぎたことを謝罪しようかと考え彼に話せないかと声をかけたのだが、「話をする気になれません」と断られた。

あれは効いた。臆病《おくびょう》なメノウの全身の勇気をかき集めた末の、玉砕《ぎょくさい》だ。

昔の生ゴミを見る目とは違《ちが》うのだが、明らかにメノウを見る目からは以前のような輝《かがや》きが消えているし、なんなら視界の外へと追い出されている気がする。

「魅了、とけたのかもしれません」

ボルクの机に肘《ひじ》をついてそう言うと、ソファでお茶を飲んでいたヴィヴィが、馬鹿《ばか》じゃないの？　という顔でメノウを見た。

「そんなわけがないでしょう。距離《きょり》を置いたところで、メノウ様のこと気にしてるの丸わかりじゃないですか」

「それは、護衛対象だからじゃないですか？　魔王の命令で離《はな》れられないんだと思います」

「だとしたら、もっと物を見るような目つきになりますよ。あれは、メノウ様を気にかけて気にかけて、気にしないよう振る舞っている恋人《こいびと》状態です」

敬語こそ外れないものの、ヴィヴィはメノウに対してくだけた態度だ。

（恋人……）

そんな関係だったことは一度もない。

意識を失う前はゼルを追いかけゴミ扱《あつか》いされてきたし、目覚めた後はメノウが一線を引いていたし。そういえば魅了にかけた直後、昔の自分は彼と恋人だったのだろうかと考えたが、そんなシーンは思い出せない。とにもかくにも、胸に鈍痛《どんつう》があり気分が沈《しず》んでいる。

（人と付き合うの、こういうのがあるからしんどい……）

苦しくて苦しくてたまらない。考えないようにしても、あの日怒《おこ》らせたこと、悲しませたこと、距離を置かれていること、すべてを順番にぐるぐると考えてしまう。何か勉強をと思い本でも読んでいなければ、ずっと苦しくて叫《さけ》びだしたくなる状態だ。

ちらっとソファに座るヴィヴィを見る。

彼女だって、無表情で何に対してもこだわりがなさそうな様子を見せているが、実際には感情豊かだし、自分の意見をしっかり持っているし、いつ何が理由でメノウとぶつかるか分からない。ずっと衝突《しょうとつ》しない関係を手に入れたいのなら、もっと相手を選ぶべきなのだ。

穏《おだ》やかな土地。穏やかな人々と、穏やかな空気。穏やかな草原と穏やかな羊と穏やかな食事と穏やかなお風呂《ふろ》と——とにかく、なんでもいいから心の平穏《へいおん》がほしい。

なんとか一人で生きていけないかと考えて、この間気になったことを思い出した。

「そういえば、ラディムさんて抑制《よくせい》の腕輪《うでわ》をつけてましたね」

「ええ」

「あれって、相手の魔術《まじゅつ》も阻止《そし》するものなんですか？　私が腕にはめている呪具も？　相手の魔術から守ってくれたりするんでしょうか」

「いいえ。それは人間が呪具を作る時の加工次第《しだい》でしょう。メノウ様がはめているのはあくまで自身の魔術を抑制するものです」

「なるほど……」

「あの方の呪具も万能《ばんのう》ではありませんね。おそらく、自身が使う別の呪具の効力を抑えないようにするためでしょうが、直接触《ふ》れないと魔術を抑制できないものと思われます」

確かに言われてみれば、メノウの鎖《くさり》を摑《つか》んで初めてその威力《いりょく》を抑え込んでいた。魔王はもっと抑制の力を自在に操《あやつ》っていたから、まだ魔王の魔術を再現する完璧《かんぺき》な呪具は、世に生み出されていないのだろう。

メノウは自分の腕にはめた呪具を眺《なが》めながら、これからのことを考えた。

(最初の目的を思い出さないと……まず、兵器を壊《こわ》して、魔王を取り戻《もど》す。魔王を取り戻してから兵器を壊してもいい)

結局必要なのは、情報だ。どこにいるか、どこにあるかが分からなければ動けない。

「そろそろ別の街へ行きましょうか」

ボルクたちからの調査報告は、ここ数日停滞《ていたい》していた。現国王はあまり周りを信用せず情報を出さず、魔王は極秘《ごくひ》でどこかへ運ばれたのだろうとのこと。魔王を捕《と》らえ魔力《まりょく》を吸い取っている施設《しせつ》であれば、それはかなりの規模だろうというのが人間たちの推測だった。さらに先日、ラディムからの情報で、調査すべき建物はかなり絞《しぼ》られたと聞いているが。

「承知しました。準備を進めますね」

ゼルが命令を口にしないせいだろうが、いつの間にか、ヴィヴィがメノウの指示を待つようになっている。彼女が部屋を出ていくと、一人きりになり、机に顔を伏《ふ》せ目を閉じた。

(大丈夫……大丈夫。この痛みは、そのうちなくなる。ずっとそうだった。次は傷つくようなことをしなければいい……平和な場所に行って、穏やかな人とだけ関《かか》わって)

複数人の足音が聞こえてきて、メノウは顔を上げた。

ドタドタと部屋になだれ込み転がる兵士たち。その中にはボルクの姿もあり、後から来た兵に頭を踏《ふ》みつけられていた。

「メノゥ様！　ついに！　ついに分かりました！」

「え？」

「お父上の所在です！」

「ここです！　監獄塔《かんごくとう》！　ここからすぐ近くです！」

メノゥがドレスの裾《すそ》を押さえ、人を踏まないように慎重《しんちょう》に歩いて兵が差し出した紙を受け取ると、それには地図が描《か》かれていた。

「本来犯罪者を収容する場所ですが、そこに特製の呪具製作装置が運ばれ、なぜか厳戒《げんかい》態勢が敷《し》かれているそうです」

「特製？」

「安全装置を外し魔族の魔力すべてを吸いつくせるよう改造された特別製です。設置が大がかりで、そう数はないものです」

呪具は魔族と人間が共同で生み出してきたもの。下級魔族であれば魔力の吸いすぎによりすぐに命の危険が迫《せま》る。それで入れられた仕組みが、安全装置。魔力が一定量より下回ると、吸い出しが自然と止まる仕組みだ。その安全装置が外されているということは。

「――――」

記憶《きおく》の中の父を思い、くしゃりと紙を握《にぎ》り潰《つぶ》す。だが、まだ大丈夫《だいじょうぶ》なはずだ。定期的にヴィシュタントと連絡《れんらく》をとっているらしいヴィヴィから、石板から父の名が消えたという報告は聞かないし、あの偉《い》大《だい》で膨大《ぼうだい》な魔力を持つババロア・ヴィシュタントの魔力が、そう簡単にすべて吸いつくされるはずもない。

そう、魔王《まおう》という肩書《かたがき》を持ちながら、とても優《やさ》しげな名前を持つ男。それがメノウの父なのだ。

「ありがとうございます。急ぎゼルさんとヴィヴィさんを――」

ここへ呼んできてくださいと言いかけて、口をつぐんだ。いつの間にか、彼らが一緒《いっしょ》にいることが当たり前になっている。最初は、自分一人城から逃《に》げ出そうとしたくせに。

そうだ。一人でいたかったからこそ、自分で戦える力を身につけたのだ。知識だって本を読みゆっくりとだが増やしている。

「いいえ、やっぱり自分から言います。準備をするので一人にしてください。情報、ありがとうございました」

メノウの言葉を聞くと、人間たちは達成感に満ちた顔で部屋を出ていった。

リーヴァロバーの地図も大体は頭に入った。馬だって一人で乗れる。そもそも、兵器を奪《うば》うではなく壊そうとしているのだ。会議で決めたことに反し勝手な行動を取るつもりであれば、今後彼らとは行動を共にしないほうがいい。

後は魔王を解放するだけでいいのだ。魔王がいて、昔のようにゼルが彼のもとに帰れば、もう護衛の任も終わりだろう。メノウは一人、兵器を壊す旅へ出る。城を出る時に持参した資金と、鎖の呪具《じゅぐ》さえあれば、きっと一人でもなんとかなる。

もうゼルとは二度と会わない、そう思えば、急にせつなさがこみ上げてきた。

怒らせたまま、彼のもとから去るのだ。だけど、仕方のないことかもしれない。最近のあの言葉を差し引いても、メノウは彼にひどい言葉をぶつけてきた。

（せめて、あの一番取り消したい言葉だけは……）

ふと顔を上げると、開かれた扉《とびら》の前にゼルが立っていた。

「ヴィヴィは一緒ではないのですか？」

「……別の街に行く準備をしてくれています」

「そうですか」

腕を組み思案顔をする彼は、彼女の不在に代わって、護衛としてそばにいるつもりなのか。それとも、騒《さわ》ぎが気になり顔を出したものの、立ち去る理由を探しているのか。

「あの……前に、謝りたいって言ったことなんですけど」

「ああ……何かおっしゃっていましたね」

ラディムが現れる直前のことだ。どうやらゼルは覚えてくれていたらしい。メノウの言葉であれば、一言一句覚えていると言った彼の言葉を思い出す。

無表情であまりメノウを見ようとしない彼を見つめた。もう今言わなかったら、二度と謝るチャンスはなくなる。後悔《こうかい》がずっと胸に残ったままになるだろう。

「あの……以前に、心を持たない殺戮《さつりく》人形って言ったことが……本当に失礼なことを、申し訳ございませんでした。あの言葉を取り消させてください」

「なぜです？　あの言葉は真実です。あの頃《ころ》の私に感情などなかった」

「いいえ。ゼルさんには感情がありました。だって、ゼルさんはずっと、自分の感情を動かす何かを探していました。本当に感情のない人は、そんなことをしません」

過去のメノウは、彼が魔王に従っていた理由を知っていた。「私についてくれば、おもしろいものを見せてやる」と、そう言った魔王に、ゼルはずっと仕えてきたのだ。気まぐれともとれるが、魔王の言葉にすがりついたともとれる。

人目からはそうとは分からないし、彼自身も自覚はなかったのかもしれないが、彼はずっと感情を持ち、だからこそ感情に飢《う》えていたのだろう。昔の彼を思い出せば、快・不快を感じていたことが分かる。でなければ、メノウにゴミを見る目は向けなかっただろう。だというのに、そんな彼に、殺戮人形などと心ない言葉をぶつけた。自分の魅了《みりょう》に屈《くっ》しない彼が許せないという、子どもじみた感情からだった。

「――――」

昔のメノウとは正反対なことを言うメノウに、ゼルは戸惑《とまど》った様子を見せる。だが、依《い》然《ぜん》視線は合わないまま。

昔よりつい先日のメノウの言葉のほうが、ゼルには許せないものだったのかもしれない。けれどもう、彼と話すのはこれで最後。一番撤回《てっかい》したかった言葉を取り消せれば十分だ。

「あの、買い物に行ってきます。少し一人になりたいので、ゼルさんはヴィヴィさんを手伝ってくださいますか？」

以前はメノウから離《はな》れようとしなかったが、最近は距離《きょり》を置くようになったゼルだ。それにもう、メノウが人間相手に後《おく》れを取らないだろうことも分かっているはずだ。はっきり一人になりたいと告げれば、一人での外出も許してくれるだろう。

「……承知、いたしました」

「お願いします」

ゼルに頭をさげると、メノウは彼の横を通りすぎ屋敷《やしき》の外へ向かった。


監獄塔は確かにベルストから近く、馬を一時間ほど走らせれば問題なくたどり着いた。

小さな城のような建物と、隣接《りんせつ》してそびえ立つ塔。周囲に他《ほか》の建物はなく、森の近くにぽつんと建つそれは、誰《だれ》も訪《おとず》れなくなった廃墟《はいきょ》のようにも見える。しかし、建物には劣化《れっか》は見られず、塔の入り口と思われる扉には二人の兵士がいた。

（それほどの厳戒態勢でもないな……）

メノウはドレス姿のままだ。戦闘用《せんとう》の服に着替《きが》えればゼルやヴィヴィに気づかれてしまう気がして、着替えずにこの場へとやってきた。

「ごめん。少し待っててね」

馬に声をかけ、手綱《たづな》を近くの木に繋《つな》いだ。それから、足音を消して塔の扉へと近づく。

一人が敏感《びんかん》にメノウの気配に気づけば、メノウは呪具を取り出し、ムチのように鎖《くさり》をしならせ二人に放った。鎖は二人を搦《から》め捕《と》ったが、「敵襲《てきしゅう》だ！」と二人に叫《さけ》ばれる。

（まあ……今は相手が数人でも負ける気がしないし）

本当にいざ危険が迫った時には、魅了の力を使えばいいだけだ。異性でなくとも発動することは、ベルストで立証済みである。

男の声を聞き別の兵が中から走り出てきたが、扉の横で待ち構えていたメノウは鎖を放って捕らえ、地面に座らせると、歩けないよう足を鎖で縛《しば》らせてもらった。

「すみません……終わったら誰かに助けてもらうようにしますので。魔王を解放したいだけなんです」

丁寧《ていねい》に断れば、男たちは戸惑ったように顔を見合わせる。

（早く済ませよう）

メノウは重い扉を開けると、塔の中へと入っていった。

ずっと気にしないようにしていたのに、出かけてから一時間経《た》っても戻《もど》らないメノウを、ゼルは誰に言われるでもなく捜《さが》し始めていた。ヴィヴィは旅の支度《したく》をしているし、人間たちはなにがあったのか酒をあおり祝っている。あれだけ魅了にかかっていたくせに、彼女の姿が見えないことが不安ではないのだろうか。

小さな街だ。一時間もあれば買い物など終わるだろう。魔王《まおう》の呪具で抑制《よくせい》されたあの弱々しい力を捜すうち、気づけば街を回り終え、再び屋敷へと戻ってきていた。

「メノウ様の姿が見えない」

なぜか人間に交ざってビールを飲もうとするヴィヴィに、ゼルは重苦しい顔で言った。

「ゼル様が難しい顔してるから、怖《こわ》くて逃げ出したんじゃないですか」

まともにとりあわない彼女を睨《にら》みつけ黙《だま》らせる。再び考え込もうとした時、「あれえ？」と領主が声をあげた。

「ヴィヴィ様がこちらにいらしたので、てっきりメノウ様はゼル様と行かれたものと……」

「なんの話だ？」

「魔王様の救出です。まだ行かれないのですか？　昼間、メノウ様のお父上は監獄塔《かんごくとう》にいるとお伝えしたので、てっきり今日には行かれるものと……」

「――」

血の気が引くとは、こういうことかとゼルは思う。臆病《おくびょう》なくせに領主を殴《なぐ》りつけ、そして今度力もないくせに子どもを庇《かば》おうと飛び出し、臆病なくせに領主を殴りつけ、そして今度は、たった一人で魔王を救出するつもりなのだろう。

(なぜ――……)

決まっている。ゼルが彼女を遠ざけたからだ。いや、遠ざける前から――彼女からは一人で生きたいという意志を感じてきた。ヴィヴィもゼルと同じ予想をしたのだろう。

「嘘《うそ》でしょ？　まさかメノゥ様、一人で……？　いや、今のメノゥ様はそんな馬鹿《ばか》なことをしないはず――」

「今のメノゥ様だからするんだろう！」

感情的に怒鳴《どな》ると、ゼルは屋敷の窓に足をかけ外に出た。

(あの時出て行ってから、もうどれくらい経った？)

すでに日は落ちている。目的地が監獄塔なら、とっくに着いている頃だろう。馬で駆《か》けつけていては間に合わない。この場所では魔力《まりょく》をかなり消耗《しょうもう》するかもしれないが、そんなことは言っていられない。

ゼルは地面に手をつくと、そこから盛り上がった石を龍《りゅう》の形に変え、地中から生み出した龍を泳がせるようにして目的の地へ向かった。

下の騒ぎが聞こえたのだろうか。上の階のほうで、兵たちが走る音がする。

(そういえば、魔力を感じるって私できないんだった……)

前にヴィヴィは、漏《も》れ出す魔力を抑《おさ》えて気配を消す、などと言っていたけれど、逆を言えば、漏れ出している魔力を感知できるということだ。それができれば、ババロアの場所はすぐに分かるのだろうか。

(早まったかな……)

もう少し冷静になるべきだったのかもしれない。ただ、じくじく痛む胸に耐《た》えられなくて、早く一人になりたいと思ってしまったのだ。

すでに五階くらいの高さには来ているだろうか。誰とも会わないのが不思議だ。

(罠《わな》とかじゃないよね……)

立ち止まり石壁《いしかべ》に手をついた。壁には呪具《じゅぐ》がはめ込まれているが、光が出ているのは明かりの呪具だろう。その埋《う》め込まれた水晶《すいしょう》同士を繋ぐようにして細いパイプが張り巡《めぐ》らされているのが不思議だ。魔力を流す装置だろうか。

(まさか、魔王の魔力を利用してる?)

魔力を十分に持つ上級魔族《まぞく》なら、魔力を変換《へんかん》して別の魔術《まじゅつ》を使うことができる。消費型のランプの呪具を使うより安上がりだろう。

（なんかせこい気もするけど……とにかく、進もう）

そろそろ遭遇《そうぐう》しそうだなと思い、手にしていた呪具を握《にぎ》りしめる。そこからさらに二階分ほど上がった頃《ころ》だろうか。視界が開け、広い部屋に出た。続く螺旋《らせん》階段は部屋の奥だ。

「！」

奥の階段に行こうとして、上から下りてきた兵士たちに遭遇した。その数三人。

（じゃなくて、五人か……）

見つけたぞ！　と一人が叫べば、あっという間に人が下りてきてメノウの前に五人の兵が立ちふさがる。しかしこちらには呪具がある。戦闘訓練を積んだ兵が相手だろうと——。

（あれ？）

メノウは握りしめた呪具を振《ふ》るが、光が出ない。自分の魔力が変換できない。

（自分の魔力が流し込めないみたいな……）

「！」

瞬時《しゅんじ》に、何が起きているかを理解して青ざめた。

（私、馬鹿だ……）

壁に埋め込まれた呪具に魔王の魔力が流し込まれていることを推測できたのなら、なぜその時点で分からなかったのか。明かりの呪具に似せてあったのはフェイクだろう。

「驚《おどろ》いたか？　この塔の特殊《とくしゅ》仕様だよ」

兵の中の一人が、兜《かぶと》の面《おもて》を上に開いた。ニヤニヤといやらしい笑《え》みを浮《う》かべている。

「魔王ババロアから吸い出した魔力を直接この塔に流してるのさ。この塔の中じゃ、魔族もただの人間ってわけだ」

試《ため》しに瞳《ひとみ》に力を込め男を見るが、何の反応もない。おそらく、抑制の呪具や条件うんぬん以前に、魅了《みりょう》の力が発動していない。ボルクたち人間を魅了にかけた時は、内に秘《ひ》めた感情が荒《あ》れ狂《くる》い瞳が熱くなる感覚があったが、それがないのだ。

(これは、まずい)

じりっと後ろに下がる。だが男たちは、メノウを逃《に》がすつもりなどなさそうだ。あちらもじりじりと距離《きょり》を詰《つ》めてくる。

(どうしよう)

窓のたぐいもなく、どこかから飛び降りるということもできなそうだ。

「それにしても綺麗《きれい》な魔物《まもの》だな」

「魔物？　……私は魔物じゃない」

「魔族なら似たようなもんだろ。少なくともロザリア様はそうおっしゃっていた。魔物も長く生きれば知能を持ち、人形《ひとがた》を保てるんだってよ？」

「初めて聞いた」

「ロザリア様は博識なんだよ。聡明《そうめい》で美しく気高い……ああ、お前を献上《けんじょう》する時にお会いできるのが楽しみだ！」

恍惚《こうこつ》とした表情で男は叫《さけ》ぶと、腰《こし》の剣《けん》を抜《ぬ》いた。メノウはすぐさま身を翻《ひるがえ》し上ってきた階段を下りようとしたが、後ろから髪《かみ》を掴《つか》まれ引き倒《たお》された。メノウを押さえつける男の腕《うで》を掴んで自分から引き離《はな》そうとするが、叶《かな》わない。せめてもと男を睨みつけた。

「なんで……これまで人間と魔族は共に生きてきたのに、どうしていまさら害をなす？」

「今までが異常だったんだ。ロザリア様に目を覚まさせてもらったんだよ。誰《だれ》より賢《かしこ》く魔族を道具のように使える人間こそが、この世界の頂点に立つべきだってな！」

（ロザリア……）

リーヴァロバーへ来て何度も聞いた名前だ。目の前の男はよほど彼女に心酔《しんすい》しているらしい。そういえば確か、ボルクも最初にロザリアの名前を出しメノウを捕らえようとしていた。なによりも、現国王が彼女への愛に溺《おぼ》れているという。

（こんなの、まるで洗脳……違《ちが》う、これはまさか……）

「うっ……」

男に首を絞《し》められ、必死で男の腕を掴み離そうとするのにほどけない。魔族であっても、腕力《わんりょく》では男に勝てないのか。意識が遠のく。呼吸ができない。

（ダメ――）

このまま気を失えば、拘束《こうそく》され、魔力を吸いつくされた後に殺される。それともこのまま喉《のど》を潰《つぶ》され、ここで死んでしまうほうが先だろうか。

（やっぱり、一人で来るんじゃなかった……）

メノウが一人で来て殺されたと聞けば、ヴィヴィは呆《あき》れるだろうか。それとも悲しむだろうか。距離を置きたがっていたゼルは、ほっとするのだろうか。メノウが死ねば魅了もとけ、きっと悲しみなど覚えない。それとも……魅了がとけたとしても、少しは悲しんでくれるのか。

（苦しい……苦しい。助けて……）

美咲として死ぬ時は誰の顔も思い出さなかったのに、どうして今、こんなにも彼らの顔が浮かぶのだろう。

（死にたくない……まだ生きたい。助けて助けて助けて）

もう何も見えないのに、視界が明滅《めいめつ》する。

「ゼ……ル…………」

「――メノウ様！」

遠くから聞こえた声に、幻聴《げんちょう》が聞こえたのかと思った。

爆発音《ばくはつおん》に似た破壊音《はかいおん》。兵たちが悲鳴を上げ、空気が肺に入ってきた。

「――ごほっごほっ！」

男がメノウを放し、こちらに背を向け剣を構えた。もうもうと舞う埃《ほこり》が薄《うす》れていった先に、見慣れた銀髪《ぎんぱつ》の姿がある。

（ゼルさん――）

「あ……焦《あせ》るな。この塔《とう》では力は使え――ぐっ！」

一瞬《いっしゅん》、ゼルの姿がかき消えたようにも見えた。剣の柄《つか》を男のみぞおちに叩《たた》き込むと、男が剣を落とし、腹を抱《かか》え膝《ひざ》を折る。

「……メノウ様に触《ふ》れたのか？」

剣を持つ彼の手が震《ふる》えている。

（ゼルさん……助けにきてくれたの……？）

最後に会った時も、決して目を合わせずメノウを拒絶《きょぜつ》しているように見えたのに。

護衛だからだろうか。それとも、魅了によるものだろうか。

（だけど……）

「逃げてくださいゼルさん！　ここじゃ魔力《まりょく》が……」

メノウの警告は間に合わず、男たちがゼルに狙《ねら》いを定める。

「あ……」

隙《すき》を見て彼に斬《き》りかかった男の剣が、ゼルの一振《ひとふ》りで宙を舞《ま》う。引いた剣の柄で、もう一人の男の胸を叩いて吹《ふ》っ飛ばす。次に斬りかかった男を、鎧《よろい》の上から剣で叩くようにしてなぎ倒した。最後の男はもはや武器を向けてくることもなく、剣を飛ばされた男と共に下の階へと逃げていった。

(つ……強い)

メノウなど、たった一人に殺されかけたというのに。

安堵《あんど》してため息をつくと、今度は彼が怒《おこ》っていないかが不安になってきた。買い物だと嘘《うそ》をついて屋敷《やしき》を出たこと。魔王《まおう》の所在が分かったのに黙《だま》っていたこと。——そして、そもそも、あの時彼を傷つける言葉を口にしたメノウを、まだ怒ってはいないかということ‼

「あ、あの、ゼルさ……」

——カラン

剣が床《ゆか》に落ちる音が響《ひび》く。床に座ったまま、メノウはゼルに抱《だ》きしめられていた。

「————」

異性に抱きしめられたことなどなく、また、状況《じょうきょう》が状況だけにメノウは戸惑《とまど》う。

「ゼ、ゼルさん。ここ、魔力を封《ふう》じられる場所で、そんな簡単に武器を手放したら……ゼルさん！」

案の定やられきっていなかった男がゼルの後ろで剣を振り上げたが、ゼルはメノウを抱き上げ、男を蹴《け》り飛ばして瓦礫《がれき》の下に埋《う》めると、何事もなかったかのようにメノウを床に下ろして再び抱きしめた。

「…………」

彼に死角はないらしい。もはや心配するのも間違《まちが》っている気がして、彼の気が済むまで、ただただその場でじっとしていた。彼の肩《かた》がわずかに震えている気がしたが、気のせいかもしれない。だって、最近の彼は、ずっとメノウに興味がないようだった。

(それでも……助けにきてくれたんだ)

それが魔王の命だとか、魅了《みりょう》によるものだとか、もうどうでもいい。

「ゼルさん……ありがとうございます」

お礼を口にしたけれど、ゼルはその言葉に反応しなかった。

長い沈黙《ちんもく》の後、ぽつりと言った。

「メノウ様――あなたがもしこの世から消えたら、私はもう、生きている意味がない」

「――――」

これが魅了による言葉だと分かってはいても、切実な彼の声に胸が締《し》めつけられる。彼はやがてメノウを放したが、泣きそうな顔をしていた。

「あなたが決して私に心を許さなくても……私があなたの一番になれないのだとしても。あなたが消えることだけは耐《た》えられない……ですからどうか、私をそばに置いて、ずっとあなたを守らせてください――」

メノウの前で、膝をつき頭《こうべ》を垂れる。

こんなふうに男の人に懇願《こんがん》されたことはなくて、胸が痛い。だって、魅了にかかった人は、みんな恍惚とした表情で、幸せそうで。

けれど、彼の願いは期限つきではない。ずっとなんて、簡単には約束できない。

「……黙って、一人でここへ来たりして……ごめんなさい」

「黙って？」

「…………嘘ついて」

ゼルが苦笑《くしよう》し、大きな手がメノウの頬《ほお》を包む。

「元はといえば、私があなたのおそばを離《はな》れたせいです。ですが、やはり……永遠におそばに置いてくださいと言っても、あなたはうなずいてはくださらないのですね……」

そのとおりだ。果たせない約束などできるわけがない。だって、彼は魅了にかかっているだけなのだ。魅了がとければ今の言葉だって、さっきの言葉だって、いつかの言葉だって——。

（それでも）

「——助けに来てくれたこと、感謝してます。もう、死ぬかもしれないと思って……ゼルさんが来てくれて、よかった——」

泣きそうなメノウを見てゼルは大きく目を見開くと、再び抱きしめた。

結局、永遠を約束することもなく、かといって離れるわけでもなく、二人はその場を離れ、魔王を捜《さが》し始めた。

ゼルは自分の魔術《まじゅつ》で作った石龍《せきりゅう》で突《つ》っ込んできたとのこと、大穴が開いた階より上が、今にも崩《くず》れそうで怖《こわ》い。騒《さわ》ぎを受けて塔を下りてきた兵は、交戦せずに逃《に》がした。

「これ、歩いているうちに崩れ落ちたりしないですかね……」

「その時は私がお守りします」

「力を使えないのに？」

「どれだけ私の体が傷ついてもメノウ様には傷をつけません。どうせ体は回復しますし。……まあ、この塔にいたままではそれも無理でしょうが」

「そうなんですか？」

「呪具《じゅぐ》の作られ方にもよりますが……魔王の抑制《よくせい》の力は、本来、魔力の働きを抑《おさ》え込むもの。上級魔族《まぞく》が持つ高い治癒《ちゆ》力も抵抗《ていこう》力も、魔力を封じられれば働きません」

上の階は、石龍が突っ込んだ時の衝撃《しょうげき》を受けてかところどころ破損し、瓦礫が落ちている。足場の悪いところは、ゼルが手を引いてくれた。

（もうすぐ……魔王のいる場所にたどり着く）

呪具同士を繋《つな》ぐパイプは、上へ上へと伸《の》びている。もうだいぶ塔の上まで来ているから、おそらく最上階に閉じ込められているのだろう。

最上階に近づけば近づくほどに、気が重くなった。苦手な相手に会う前の、嫌《いや》な緊張感《きんちょうかん》。

(別に、魔王が苦手だったわけじゃない。ただ……)

今のメノウを見て、魔王は娘《むすめ》だと認識《にんしき》するだろうか。もしも、誰《だれ》だと問いかけられたらどうしよう。

(なんで私、こんなに変わっちゃったんだろう)

前より勉強するようになったし、戦闘《せんとう》力も上がった。ゼルとヴィが認めてくれて、少しだけ自分のことも好きになったように思う。それでも、あの時のような自信は生まれない。あの、揺《ゆ》るぎない絶対的自信や自分への信頼《しんらい》は、どこから来ていたのだろう。怯《おび》えも不安もなかった。思えば、あの時こそが心の平穏《へいおん》を手にしていた時なのかもしれない。

やがて最上階まで来ると、重厚《じゅうこう》な扉《とびら》があった。その前で、うつむき大きく息を吐《は》く。

「大丈夫《だいじょうぶ》ですか？　メノウ様。……顔色がすぐれません」

「あ……その……今の自分で、父にがっかりされないか……少し、不安で」

本当は少しなどではない。怖くて怖くてたまらないのだ。記憶《きおく》の中のあの優《やさ》しい人が、もし、あの美咲の父のように、他人を見る目で自分を見たら。美咲の頃《ころ》を思い出したら、指先が震《ふる》えた。それに気づいたのか、ゼルがメノウの手を取る。

「ご安心ください。もし魔王様がメノウ様にどのような態度をとっても、私がおります」

彼の言葉はいろんな意味にとれて、メノウは聞き返した。

「ゼルさんが私の父親になってくれるってことですか？」

「い、いえ……そういうわけではありませんが」

困ったような顔の彼が新鮮《しんせん》で、思わず笑った。

「すみません、心配させて。もう大丈夫です」

いつまでも怖《お》じ気づいていても仕方がない。行こうというようにうなずくと、ゼルはメノウの手を離し、扉を開けた。部屋の奥には大きな椅子《いす》があり、そこに上半身裸《はだか》の男が座っている。茶色い長い髪《かみ》に、頭頂部から生えるツノ。巨大《きょだい》な体躯《たいく》は一見恐《おそ》ろしいラスボスかに見えるが、首と腕《うで》と足には、それぞれ椅子に縫《ぬ》いつけられるように枷《かせ》がはめられていた。そこから魔力を抜《ぬ》かれ、横に積まれた呪具に魔力を吸い取られているようだ。

「――――」

一月《ひとつき》近くも、この状態でいたのだろうか。今までもたもたしてきたことに、急に罪悪感を覚えた。最初は、他《ほか》の魔族に任せて自分は逃《に》げようとすらしたのだ。

（前の私だったら、絶対しなかった……私のほうこそ、この人を父親だと思ってるのかな）

よくは分からない。記憶の中の優しかった父のことばかり思い出すけれど、それが、他人に対してのもののように感じるのだ。

足音を聞いて、彼が重そうに頭を持ち上げた。

力を失い物憂《ものう》げな彼の目が、メノウを映して見開かれる。

「メノウ……？」

「あ……」

まっすぐな紫《むらさき》の目にひるんで、拳《こぶし》を握《にぎ》りうつむいた。考えてみれば、ババロアにとっては失ったと思った自分の娘が帰ってきたことになるのだ。たとえ、その中身が別人のように違《ちが》う人格だったとしても。

（どうしよう……がっかりさせる？　やっぱり死んだと思われる？　私……私は……）

本来なら、生きていたのかと驚《おどろ》き声をあげるところだろうが、ババロアは敏感《びんかん》にもメノウの怯えに気づいたようだ。うつむくメノウを気遣《きづか》い、優しく声をかけてくれる。

「大丈夫か？　動けるのか？　体は辛《つら》くはないか？」

「――――」

それはこっちのセリフだと思う。こんな場所に動けない状態にされて、魔力《まりょく》を吸い取られ続けて。あれだけ強く感じた父が、すごく弱く感じるのに。

「……生きていてくれたんだな」

涙《なみだ》まじりのかすれた声で言われれば、メノウはもう我慢《がまん》できなかった。

「違っ……生きてても、昔みたいな私じゃ、ないので……」

「？」

「がっかりすると思います。昔の記憶も遠く曖昧《あいまい》で……昔みたいに、振《ふ》る舞《ま》えないんです」

ババロアはメノウに近づきたかったようだが、動くことができなかったようだ。

ゼルがババロアを縛《しば》る枷を見て、彼に問いかける。

「これは呪具ですか？」

「ああ。私の魔力で作られた、特別製の手錠《てじょう》だ。鍵《かぎ》がなければどうやっても開けられない。

……そこにあるのをとってくれるか？」

ババロアの視線の先を追い、ゼルが部屋の奥に向かう。壁際《かべぎわ》にはテーブルがあり、そこにはパンや果物が入った籠《かご》があった。その奥の壁に、手のひらサイズの鍵がある。

ゼルはそれをとってくると、ババロアを拘束《こうそく》する枷の鍵穴に差し込み、首と腕、足の枷を外して彼を解放した。

「鍵……近くにあったんですね」

「ロザリア妃《ひ》の近くにいた時は彼女が肌身《はだみ》離さなかったが、この塔《とう》に運ばれた時に一緒《いっしょ》にな。この塔にいた人間たちは、食事の時とか外してくれたよ」

ずっとここに拘束された状態でなかったと知って、ほんの少しだけほっとした。

椅子から立ち上がり、肩《かた》をおさえ、ぐるぐると腕を回す。体は記憶の中のとおり大きく、高身長のゼルよりさらに頭一つ分高い。メノウはすっかり彼を見上げる形になる。

「ずいぶん吸い取られたみたいですね」

ゼルの言葉に、ババロアはうなずいた。

「ああ……あと一月助けが来なかったらどうしようかと考えていた」

「自分で逃げる気はなかったのですか」

「いざとなればな。そのつもりだったが、食事係がかわいそうだろう。私を逃がした者がいれば魔物《まもの》の餌《えさ》にすると、ロザリア妃が触《ふ》れ回っていたらしいからな」

「魔物の餌……」

それは怖い。もし自分が逃げて、逃した人が魔物の餌になると聞けば、そう簡単には逃げられなかっただろう。ババロアは、心優しいから。

（そうだ……そういう人なんだ）

二メートルという巨体《きょたい》を持ち、筋骨隆々とした恐ろしい外見でありながら、心は誰より優しいのだ。それとも、メノウだからそう思うのだろうか。昔、優しくされた記憶があるから。

（分からない……）

もしかしたら、自分の記憶が美化されているだけかもしれない。彼の優しさを信じて、期待を裏切られるかもと思えば怖《こわ》い。

そもそも、彼が変わってしまった自分を受け入れてくれるのか、よく分からなかった。

ひとまずは落ち着いているメノウを見て、ババロアはゼルに声をかけた。

「まずはここを出る。そこの呪具の山は持てる限り持っていこう。ここへ置いておけば悪用される」

ババロアの言葉を聞き、メノウはゼルに声をかけた。

「ゼルさん、剣《けん》を貸してくださいますか？」

「これですか？　かまいませんが、何を……？」

説明するよりやったほうが早い。受け取った剣でドレスの裾《すそ》を裂《さ》いた。

「メノウ様！　メノウ様の服を使われるのであれば、私のものをお使いください！」

「でももう裂いちゃったので……」

布の切れ端《はし》で呪具《じゅぐ》をまとめあげ、上で括《くく》る。風呂敷《ふろしき》のたたみ方で、上に持ち手を作った。

「それでも貸してくださるのなら、ゼルさんの上着もいいですか？」

呪具がたくさんありすぎて、裂いた布だけでは全部を運べそうにない。

「かまわないのですが……その、メノウ様、その格好で歩かれるのですか」

自分の足元を見下ろすが、膝《ひざ》は大体隠《かく》れている。別に問題はないと思うが、なぜか上着を差し出すゼルは、頰《ほお》を染め視線をそらしがちだ。

「戻《もど》ったら着替《きが》えます。それじゃ、行きましょう」

ババロアはかなり衰弱《すいじゃく》していたらしく、ベルストに着くまでは馬に乗れていたし、街へ入った後もゼルの肩を借りて歩いていたが、屋敷《やしき》に向かう途中《とちゅう》で倒《たお》れてしまった。

騒《さわ》ぎを聞いて駆《か》けつけた人間たちに頼《たの》み、ババロアをボルクの屋敷の客室へ運んでもらった。ベッドに横たえ、仕事を終えたとばかりに人間たちが出ていくと、入れ違いにヴィヴィが駆け込んできた。

「魔王様《まおう》！」

うっすらとババロアが目を開く。

「ヴィヴィか……」

「魔王様……助けに行けず、申し訳ございません」

「いや。お前はよくやってくれた。大方、戦争だと騒ぐ連中をヴィシュタントに留《とど》めておいてくれたのだろう」

自分の目で直接は見なくとも、人の労を見抜《みぬ》ける人のようだ。父のことなのにどうしても他人を見るように観察してしまい、メノウは自分の腕《うで》を握った。

父親とはどう接するものだったのか、なぜか忘れてしまっている。

うつむくメノウに気づくと、ババロアはベッドに横たわったまま、頭だけを動かしてゼルとヴィヴィを見た。

「……メノウと話をさせてくれないか」

ヴィヴィは心得たように下がるが、ゼルは眉《まゆ》をひそめ、動こうとしない。

「この通りだ、頼む」

頭をさげたかったのだろうが、体力を失っているババロアの顔は少し動いただけだった。

ゼルはメノウの不安を分かっているから、二人きりにすることが心配なのだろう。

(話……しないといけないよね)

会ってすぐは怖いばかりだったけれど、こうして目の前にしていたら、彼の優《やさ》しさはいやでも分かる。部下を労《ねぎら》い、人間との争いを拒《こば》み、命令という形ではなく二人に懇願《こんがん》する。

こんな人が、前と違うからといってメノウを突《つ》き放すことがあるだろうか。

「……ゼルさん、大丈夫《だいじょうぶ》です。話をしますね」

メノウが笑いかければ、ゼルは悩《なや》む顔をしつつも、頭をさげて部屋を出ていった。

開かれたままの扉《とびら》をメノウが閉じて、ババロアを振り返る。彼はうるんだ瞳《ひとみ》でメノウを見つめていた。

「……リーヴァロバーから返され、城に運ばれたお前を抱《だ》きしめた時、お前の鼓動《こどう》はなかった。魔力もなく、意識もなく――体に魂《たましい》はないと感じたが、長い旅を経て、帰ってきてくれたのだな。……触《ふ》れてもいいか？」

ベッドに近づくと、長い腕が布団《ふとん》から出てきて、指先がメノウの頬に触れた。

「……子どもの頃《ころ》、母親を失ったお前を見て、今後は辛《つら》い思いや苦労などさせず、ただ笑っていてほしいと願ってしまった。だが……間違《まちが》いだったと今なら分かる。……長い旅をしてきたんだな」

「あの……旅って？」

「眠《ねむ》っている間、違う人生を生きてきたのではないか？　前よりもずっと、大人びて……人の痛みを知る者の顔をしている」

「！」

「成長したのだな。だが、それが苦労をした結果だと思えば……お前を守れなかったことが悔《く》やまれる。こんな考えだからお前の成長を止めてしまったと分かってはいても……ダメな男で、すまない。父親失格だな」

「────」

どうやらババロアは、メノウの魂が一度体から離《はな》れ、別の人生を送ってから戻ってきたと思っているようだ。メノウの記憶《きおく》の濃度《のうど》から言えば確かにそれが正しいようにも思えるが、たった半年眠っていただけで、あんな長い一人分の人生を送れるわけがない。

（いや、違うのか……）

違う世界だったのだ。ババロアの言うとおり、時間の流れが違っても不思議はない。

だとすれば、メノウの人生が途切《とぎ》れた後、美咲としての人生を送って、再びここへ帰ってきた可能性は十分にある。一度そう想像すれば、それしか考えられないと思った。だって、あまりにも昔のメノウの記憶は遠いのだ。

それでも、こうしてババロアを前にしていたら、彼との優しく温かな記憶がストンと落ちてきて、どこか他人事《ひとごと》だった記憶がようやく自分のものに感じられるようになった。

「……ダメな父親だなんて、思わない。娘《むすめ》を愛してくれる以外に、父親であるために必要な資格なんてあるの？」

問い返しながら、顔をくしゃりと歪《ゆが》めた。

美咲だった頃は、願っても願っても手に入らなかったものだ。小学校にあがって、すれ違いが多くなった両親。当たり前のように美咲は母に引き取られ、父とは別れ、それでも定期的に会う約束だったのに、彼が新しい家庭を持ってからは美咲への興味を失った。

あの時に、自分の価値が分からなくなったのだ。母だって、愛情をくれはしても美咲を認めることはなく、「美咲はまた……」とよく呆《あき》れていたし、友人からも同じような反応をもらってばかりだった。そのために萎縮《いしゅく》して、その態度が周囲の呆れを増長させて。

それなのに。

（成長した、とか――）

ゼルに尊いと言われたこととか、ヴィヴィに序列三位にふさわしい魔族《まぞく》になるかもと言われたことだとか。この世界に来てから、自信を失い以前と変わってしまったメノウを、皆《みな》当たり前のように受け入れてくれる。

（ゼルさんは、魅了《みりょう》にかかっているからだけど……）

それでも、あの時の言葉はメノウを癒《い》やした。だから、彼に心ない態度をとられた時に、傷つきすぎるくらいに傷ついたのだ。

うつむきぽろぽろと涙《なみだ》をこぼし始めると、ババロアはベッドに手をついて体を起こし、ぽんぽんと頭を撫《な》でてくれた。そうされていると、間違いなくこの人は自分の父なのだと心にしみて、普段《ふだん》なら漏《も》らさない本音がぽろぽろとこぼれた。

「私……前みたいに、振《ふ》る舞《ま》えなくて。人の顔色ばかり窺《うかが》って、人と関《かか》わることが怖くて。こんな自分嫌《きら》いなのに、変われない……」

魔王に会ったら、保養地《ほようち》への移住を申し出るはずだったのに。実際に口から出た言葉は、予定していたものとはまったく違っていた。

しゃくりあげるメノウを、背を撫でてあやしてくれる。

「今のお前は、賢《かしこ》く優しく、十分に力のある大人の女性だよ」

「それでも生きづらく感じるのなら、それはお前に覚悟《かくご》がないせいかもしれないな」

「……」

「覚悟……？」

メノウを離したババロアを、顔を上げて見つめる。

「昔のお前は賢くはなかったが、今のお前と同じように、優しさは持っていた。昔、お前の母親が中級魔族のために、私にふさわしくないと罵《ののし》られるのを見て、お前はそれなら世界征服《せいふく》をして階級ばかりの世界を変えてやると……覚えているかい？」

「お……覚えてない」

世界征服を目指したのは、そんな理由だったのか。思い出そうとしても思い出せないが、自分は幼い頃、優しくて綺麗《きれい》な母親が大好きだったことは覚えている。

「本当に世界征服を目指し邁進《まいしん》するお前には、怖《こわ》いものがないように見えたよ。だが、今のお前には、何の望みもないように見える」

「望み……？」

それはある。平和な人生。平穏《へいおん》な隠居《いんきょ》生活だ。そのためにこうして、リーヴァロバーへ乗り込んできたのだ。

ババロアは苦笑《くしょう》し、メノウの頭を撫でた。

「どうしても守りたいものや叶《かな》えたい夢を持つと、人は大概《たいがい》のことは気にならなくなるものだよ。——大丈夫。今のお前はとても賢い。そのうち、本当の望みが分かる」

自分にはすでに望みがあるのだから、ババロアの言葉は的外れだ。それでも、穏《おだ》やかだが力強い父の声は胸に染《し》み込んで、「大丈夫」という言葉が心に残った。

「ところで……驚《おどろ》くべきことに、あのゼルを魅了にかけることに成功したんだな」

「え？　あ、それは、昔の私が……」

「昔？　お前はどうにもゼルを口説き落とせず、失恋《しつれん》旅行だとリーヴァロバーへ行ったのではなかったか？　ゼルに引き止めさせたが、それも振り払《はら》っていただろう」

「え？　でも、ゼルさんて私の護衛だったんだよね？」

「それはお前がヴィシュタントへ返されてからだ。一目見て魂が体にないと分かったが、ゼルをヴィシュタントへ留《とど》めるためにそう命じた。対話目的の訪問に同行させ、万が一ゼルまで捕《と》らえられれば、さすがにヴィシュタントの存続も怪《あや》しくなるからな」

「そ……そうだったんだ……」

（でも、じゃあいつ――）

美咲の人生を終え、メノウとして目覚めた時のことを思い出す。無表情の彼。退屈《たいくつ》そうに男たちを追い払い、メノウを見すえ――それなのに、再び目が合った後、彼は目の前で膝《ひざ》を折った。

（じゃあ彼は、前の私じゃなくて、今の私の魅了に――？）

魅了は好意か恐怖《きょうふ》を感じなければかからない。だとすれば、今の自分にわずかでも好意を寄せてくれたのだろうか。そのことが、不謹慎《ふきんしん》にも嬉《うれ》しく感じた。今のメノウを肯定《こうてい》する彼の言葉が、本物なのではないかと思えて。しかし、それでもやっぱり――。

「あの、ゼルさんの魅了、ときたいの。お父さんの力でどうにかならないかな」

「お父さん？」

「あ、えっと、魔王《まおう》様って呼ぶべき……かな」

「いや。パパと呼んでいたのにと思っただけだ。今のお前はそのほうがしっくりくるな。

それで……私の力で魅了をとけるか、か。……すまないが、すでにかかった魔術《まじゅつ》をとくことはできない」

「そっか。そうだよね……」

「だが、魅了をとく方法なら知っている」

「そうなの!?」

「……父としては、あまり教えたくない方法なんだがな……」

ババロアは少したいめらいつつも、正直に教えてくれた。


魅了をとけば、殺される。

そう思い魅了がとける前に彼から逃《に》げようとした時もあるけれど、今はただ、本当の彼に戻《もど》したくて魅了をときたかった。メノウを肯定してくれた彼、願いを聞き人間たちを助けてくれた彼、メノウを助け抱《だ》きしめてくれた彼。これだけのことをされれば、どうしても彼はメノウにとって特別な存在になってしまう。けれど、彼がメノウにとるすべての言動は彼の意思ではない。

ババロアが再び眠《ねむ》りについた後、メノウは入浴をすませた。そもそも帰る時間が遅《おそ》かったので、入浴後に軽食をすませた頃《ころ》には誰《だれ》もが眠る時間になっていた。

それでも、メノウは彼が起きている気がして、寝室《しんしつ》を出て廊下《ろうか》を歩く。

ゼルを魅了から解放したいと言うメノウに、ババロアは昔の話をしてくれた。

——一度、子どもの頃にお前が母親を魅了にかけたことがある。

とんでもない子どもである。母親が上級魔族ほどの魔力抵抗《まりょくていこう》を持たないためということだったが。

——鼻にキスをして、魅了はとけていたよ。だが、あれはまだお前が幼く、軽い魅了だったからだ。

なんでも、魅了はメノウを格上の存在と認めてこそ成り立つもの。自分と対等な存在だと思わせることで、とけるのだという。

——つまり、キスだよ。昔のお前はそれを覚えていて、誰の魅了もとくまいと自分に誰も近づけようとはしなかっただろう。

確かに、昔の自分は魅了にかかった人物を自分へ近づけようとはしなかった。ババロアから聞いた後では、あれが魅了をとくまい、むしろ魅了にかけてやると思っていたからなのだと思い出せる。あれだけ異性をはべらせておいて、男性経験がないのもそのためだったようだ。

（キスかあ……）

物語の中で、口づけをした後に愛を知り結ばれる話は知っている。しかし、口づけをして愛から解放する物語は知らない。だから当然、その後自分がどういう目に遭《あ》うのかも分からない。

(殺されることはない気がするな)

曲がりなりにもメノウは魔王の娘《むすめ》だ。

階段を下りて、昼間過ごした客間に行きランプをつける。すると少しして、上の階から扉《とびら》を開く音が聞こえた。静かに扉が閉じられ、足音が階段を下りてくる。

メノウがソファに座って足音が近づいてくるのを待つと、扉をノックする音が響《ひび》いた。

「どうぞ」

返事をすれば、扉が開いて、予想どおりの顔が見えた。

「メノウ様……」

ナイトドレス姿に羽織物をしたメノウを見て、出かけようとしたわけではないと分かったようだ。表情こそ変わらないが、ほっとされたように感じた。彼のほうは上着こそないものの、いつもどおりの服装だ。就寝《しゅうしん》前の姿でメノウの前に顔を出すことを避《さ》けたのだろう。ただ銀髪《ぎんぱつ》でツノがあるところを見ると、もう就寝するつもりではあったようだ。

「眠れないのですか?」

「いえ。少し、ゼルさんと話をしたくて」

メノウは腰《こし》をあげ、ソファの真ん中から端《はし》に場所を移した。隣《となり》を「どうぞ」と勧《すす》めると、ゼルは戸惑《とまど》った様子ではあったが、隣に座ってくれた。

呪具《じゅぐ》のランプはオレンジ色の光で、明るすぎないのがいい。前を向いて彼の顔を見ないようにしていれば、彼の反応を見なくてすむ。

「また、黙《だま》って……どこかへ一人で行かれるのかと思いました。……浮《う》かない顔をされているようですが、魔王様が何かあなたを悲しませることでも？」

「え？　あ、そういうのではぜんぜんありません」

そういえばババロアと話す前に不安な顔を見せたのだ。心配させたのに、結果を報告すべきだった。

「父は今の私を受け入れてくれました。だから、大丈夫《だいじょうぶ》です。……気にかけていただき、ありがとうございます」

ゼルは優《やさ》しくほほ笑《え》んでくれた。彼のほほ笑みを見て、胸が苦しくなる。

「話とは、なんでしょうか？」

だらだらと遠回しに話をするよりも、素直《すなお》に言ったほうがいいだろう。

「魅了《みりょう》をとこうと、思いまして。……さっき、父に聞きました。口づけによりとけるんだそうです」

返事はなかった。彼はこの申し出をどう思っているのだろう。沈黙《ちんもく》が怖《こわ》くて、メノウは言葉を重ねる。

「妙《みょう》な力に拘束《こうそく》されて、ゼルさんも大変だったと思うんです。好きでもなかった女に振《ふ》り回されて……ですからその、ですね。急にこんなお願い、申し訳ないんですけど……キ、キスを、させていただきたくて」

「……魅了をとくために？」

「別に」

彼の声から温度を感じなくて、メノウは彼を見た。

彼の表情に色はない。それでも怒《おこ》っているのだと、うっすら感じ取れた。

「だ、だって……ゼルさんだって嫌《いや》でしょう？　魅了にかかったままなんて」

「わ、私は嫌です！　魅了にかかったゼルさんなんて……」

「離《はな》れたくても離れられないから？」

ゼルがメノウの腕《うで》を摑《つか》んだ。羽織物の上からだったけれど、彼の力が強く感じる。青い瞳《ひとみ》には、はっきりとした怒《いか》りが浮かんでいた。

「それほどまでに私が迷惑《めいわく》ですか？　私を遠ざけたいのですか？」

「ち、違《ちが》います！　そういうわけじゃなくて……」

「ではどういうわけですか？　出会った時から、あなたは私に怯《おび》え、距離《きょり》を置き、ようやく心を許し始めてくれたかと思えば、私を置いて消えてしまう。――私が、嫌《きら》いですか？」

「嫌いじゃないです！　でも、だからこそ……私のわがままに過ぎないとしても……私は、本来のゼルさんに戻ってもらいたいんです」

偽物《にせもの》かもしれない言葉をこれ以上もらい続け、いずれすべてが嘘《うそ》だと告げられれば、自分の心は壊《こわ》れてしまう。

「本来の、私……？」

彼の声が冷たい。

「本来の私など、どこにもいませんよ。あなたに出会う前の私は、感情がなく、空虚《くうきょ》で、ただの人形だった。あんな私に感情があると言ったのは、世界でただ一人あなただけ。それでも……本来の私に、戻れと？」

「……ごめんなさい。でも……私は、怖くて」

「何が……あなたに執着《しゅうちゃく》する、私がですか？」

「………」

本当は違う。優しかった彼が、魅了がとけたことにより、突然《とつぜん》変わってしまうその時がくるのが怖い。これ以上彼からもらう幸せを重ね続け、いつの日かそのすべてが崩《くず》れてしまうくらいなら、自分から、自分の意志でとくほうがいい。

「分かりました……いいですよ。キス、でしたね。魅了をときましょうか。……無駄《むだ》だと思いますが」

「え……？」

弾《はじ》かれたように彼を見るメノウの顎《あご》を、ゼルが捉《とら》える。

首を傾《かたむ》け、メノウの唇《くちびる》に口を寄せる。目を細める彼を見て、慌《あわ》ててメノウも目を閉じる。

唇にやわらかい熱があり、やがて離れていった。

「――――」

初めての感触《かんしょく》に、メノウは口元を隠《かく》す。

愛し合っているわけでもないのに、初めてのキスを彼に捧《ささ》げてしまった。メノウとしても、美咲としてもだ。しかしこれで、もう彼がメノウへ執着することは――。

――ドサッ

気がつくと肩《かた》を押されて、ソファに押し倒《たお》されていた。

彼の手が、メノウの首をそっと摑む。

「――――」

殺されないなど、甘い考えだったかもしれない。彼の手がひんやりと冷たい。

ババロアの命である護衛の任は、とかれてはいないはずなのに。

(殺される……?)

「こんなにも細く、ガラス細工のようにもろいのに……二人きりで男の魅了をとこうとするとか、どうしてそんなにもご自身を大切にできないのでしょうね」

上から彼の顔が近づいて、驚《おどろ》いたメノウがぎゅっと目を閉じると、再び唇に熱を感じた。

「――」

彼の唇が離れ、メノウは目を開く。彼の青い瞳にはさきほどと変わらず、メノウへの強い感情が浮かんでいた。怒りのような、悲しみのような、複雑な輝《かがや》き。

（え……？　あれ？）

彼がメノウの首から手を離し、顔の横に手をつく。

そういえばさっき、彼は無駄という言葉を口にした。あれはどういう意味なのか。

「あの……？　もしかして魅了、とけてない……ですか？　……どうして？」

「さあ……とけても、またすぐにかかってしまうのかもしれません」

そんなわけがない。メノウは抑制《よくせい》の呪具をつけたままだし、魅了など発動していない。

再びキスを落とそうとする彼の口を、メノウは片手で塞《ふさ》いだ。

「は、はぐらかさないでください。なんで……」

メノウの腕を摑み、自分の口から離す。

「いっそ魅了をとくのはあきらめ、怖くなくなるまで慣らしてみては？」

「ま、待って……こ、怖くなることなんてないです！　だって、魅了にかかっている限り、いずれ魅了がとけたらって……突然ゼルさんが変わってしまったらって……ずっとそう思えて、怖いのに」

ゼルが目を見開く。

「こ、殺されたらどうしようとか……冷たくなっちゃったらとか……や、優しかった言葉も、全部嘘って言われたら、立ち直れなくて……」

「……それが、魅了をときたい理由？」

メノウを拘束する力が緩《ゆる》む。メノウは、小さくうなずいた。

「それは……今の私が私のまま、変わってほしくないとも聞こえるのですが……」

「え、ええと……」

「本当の私が、今の私のようであればいいと、そう思ってくださるのですか？」

自分でもはっきり言葉にできない思いについて問われ、メノウは困惑《こんわく》する。

「あ、あの……人格を強要するつもりは……ないんですけど……ただ、今までの優しい言葉が嘘じゃなかったら、嬉《うれ》しいなと……それくらいは、思ってます」

たどたどしく、それでもなんとか今の思いを告げた。

「……」

「……」

「……」

（え、なんで沈黙？）

横にそむけた彼の顔をおそるおそる見ると、彼はものすごく嬉しそうな顔を隠すように、自分の口を覆《おお》っていた。

「え……」

あっけにとられるメノウに、ゼルは小声で告げる。

「てっきり……迷惑がられているのだと思っておりました。魅了《みりょう》にかかったままの私を捨てられず……魅了がとければ、また私を置いて、どこかへ消えようとしているのかと」

メノウは沈黙《ちんもく》した。彼の予想は大体合っている。実際最初は迷惑がっていたし、いまだに一人になろうとはしているし。だが、それ以上に彼には助けられているのだ。今の、魅了にかかったままの彼に、心を奪《うば》われるのが怖《こわ》いくらいには。

ゼルはメノウを見つめた。青い瞳が、あいかわらず綺麗《きれい》だ。

「もちろん、私があなたの理想とかけ離れていることは分かっています。ですから、あなたの唯一《ゆいいつ》の男でありたいとか、そんな愚《おろ》かな望みは抱《いだ》いておりません。ただ……私は、あなたのそばにいたい」

あまりにまっすぐな瞳に、メノウは何も言えなくなる。

「――愛しています」

「！」

目を見開くメノウの手をとり、うやうやしく口づけを落とす。

「不相応とは思っても――……止められない。あなたを愛してる」

「ゼ、ゼルさん……それは、魅了によるもので」

困惑するメノウの頬《ほお》に、そっとゼルの指が触《ふ》れる。熱い感情が彼の瞳に浮《う》かぶのに、手つきはさきほどよりずっと優《やさ》しい。

「魅了なんてもう関係ない……俺はメノウしかいらない。あなたがそばにいさせてくれるのなら、他《ほか》には何も望まない」

初めてメノウと呼び捨てられたが、感情が高ぶっているための言い間違《まちが》いだろうか。

「か、関係なくないですよ。だって、ゼルさんは上級魔族《まぞく》で、魅了なんていつとけるか分からないのに」

「大丈夫《だいじょうぶ》だよ。キスしてもとけなかったんだから……それとも、もう一度試《ため》す？」

あと一センチの距離《きょり》まで唇を近づけ、試すように聞いてくる。

「あ、あの、口調……」

「驚かれましたか？　メノウ様が望まれたので、練習していたのです」

「…………」

それはとてもありがたいが、タイミングを考えてほしい。こんな至近距離で甘い言葉をささやかれながら、普段《ふだん》と違う口調を使われるとか。心臓がいくつあっても足りない。

赤くなるメノウを見つめ、ゼルが嬉しそうに目を細める。

「魅了がとけなくて残念だね。もうずっと俺から逃《に》げられない」

（に、逃げられない……？）

その言葉に、平和を愛するメノウの心が警鐘《けいしょう》を鳴らす。ただでさえパニックなのだ。これ以上の混乱要素は放《ほう》り込まないでほしい。

「で、でも！　そもそも序列二位のゼルさんが私なんかに。みなさんも解《げ》せない感じでしたし……」

城を出る前、上級魔族に散々言われたことを思い出す。

「ああ……なら」

ソファに手をついて距離をさらに縮め、耳元でささやく。

「俺があなたに従うことを、許せばいい」

「！」

「そうすればメノウの名が俺の上に刻まれて、俺とあなたの関係性がはっきりする……他の魔族もこれでもうあなたを馬鹿《ばか》にできない。ねえ、メノウ……簡単なことだよ。ゆ、る、すと、ただそう口にすればいい。魅了がとけても、俺はあなたのものであり続けたいんだ……」

魅了はとけないだとか、とけてもあなたのものだとか、矛盾《むじゅん》している。

(私は、あなたの本当の心が知りたいのに——！)

それとも、これだけ同じような主張を繰《く》り返すのだから、今話しているのはすべて彼の本音なのだろうか。

（分からない……分からないけど、とりあえず！）

「ゼルさん、近い！　近いです！」

片耳を塞いで、彼のささやき声から逃《のが》れる。たぶん、顔はもう真っ赤だと思う。

「魅了はもう……とけないのなら仕方がないですけど。あ、あんまり近づかないでください！　私、男性と接した経験があまりなく……」

「そうだった？」

疑わしげな声は、周囲に男をはべらせていた以前のメノウを覚えているからだろう。

「――とにかく、慣れてないんです！」

夜だということも忘れて、思いきり叫《さけ》んだ。

「なら、今日で慣れてみる？」

メノウの髪《かみ》に口づけながら問いかけてくる彼の目に、危険な色が覗《のぞ》いている。迷惑《めいわく》だから魅了をとこうとしたわけではないと知って、彼が調子に乗っている気がする。これ以上自由を許したら、どうなってしまうか分からない。

メノウは逃げるようにソファを下り、彼から距離を置いた。

「……う、動かないで。今日はもう寝《ね》ます！　そ、それ以上近づいたら、嫌《きら》いになりますからね！」

子どもみたいな牽制《けんせい》をして身を翻《ひるがえ》すと、逃げるようにして部屋を出た。

第四章　本当の望み

あの日からゼルの自由度が上がった気がする。今となれば、前のゼルはどこか拒絶《きょぜつ》されることを恐《おそ》れていたのだと思う。今はきっと嫌われることはないという謎《なぞ》の自信がついたらしく、メノウとの距離が近い。

一週間経《た》ってもババロアは一日のほとんどを寝室《しんしつ》で過ごしていたため、メノウたちはそのままベルストに滞在《たいざい》していた。魔王《まおう》の居場所を調べる命令を兵器の所在調査へ切り替《か》え、今日も人間からの報告を待つ。そして屋敷《やしき》の中庭で読書をしていると、後ろから腕《うで》が伸《の》びてきて本のページに触れた。

「メノウ様、こんな難解な書籍《しょせき》まで……もうすっかり文字を読めるようになりましたね」

「そうですね」

「なんでもメノウ様が一人でできるようになってしまえば、私が不要となるようで怖いのです……」

「そうですね」

天気はいいし、庭は広くはないが木々や花々が整えられていて景観がいい。新緑は目に優しいし、色とりどりの花は綺麗で、降り注ぐやわらかな日差しが暖かい。ゆったりした場所でゆったりとくつろぎ、もう彼の魅了による言葉などすべて流そうとしたのだが。

ゼルは本に目を落としたままのメノウの顎《あご》に指をあてたかと思うと、横を向かせ、唇《くちびる》を近づける。

「ちょ……ちょっとちょっと！　な、何しようとしてるんですか！」

今日こそは彼に翻弄《ほんろう》されまいと思っていたのに、結局彼の言動に反応してしまった。

「先日口づけを許してくださったので、今日も許されるかと思い」

「なんでそうなるんですか！　あれは魅了をとこうとしたからで……とけないのにキスなんてしないです！」

「そう言わず……濃厚《のうこう》な口づけを試せば、魅了がとけるかも」

(濃厚な口づけって何！)

色気を垂れ流しメノウの唇に自分の唇を近づける。メノウは慌《あわ》てて本を彼との間にはさんだ。黒髪も宝石のように綺麗な青い瞳《ひとみ》も、すべてが間近で見ると目に毒だ。

「しないったらしないです！」

「……先日はしましたのに」

(なんでそんな不満声!?)

以前はもう少しメノウのお願いを素直《すなお》に聞いてくれなかったか。メノウの魅了にかかった他の人は、今でもメノウに命じられることに喜びを感じ、従うことに何の疑問も持たないようなのに。

（それはゼルさんも例外じゃなかったはず……）

「……そういえば、なんであれからずっと敬語なんですか？」

「ああ……ヴィヴィが、口調はたまに崩《くず》すほうがメノウ様が喜ばれるのではないかと」

「…………」

的確な、いらぬ助言である。

「それに私も、素《す》の自分をさらけだすのは少々恥《は》ずかしいので……」

（素、あっちなんだ……）

「ところで、そろそろ従者にする気になってきました？」

「……なってません」

彼が口にする言葉は、永遠の約束に聞こえて怖《こわ》い。大体、いつとけるかも分からない魅了《みりょう》にかかっている人を従えるなど、怖すぎる。

「平和に生きたいのであれば護衛がいたほうが良いのでは？」

「そ、それは……いえ、自分が強くなればいいだけの話なので！」

本を下ろすが、いまだ彼の口づけを警戒《けいかい》して片手を構えていると、その手をゼルが掴《つか》み、いたましそうに目を細めた。

「こんな細い腕で……魔物《まもの》と戦うとでも？」

「た、戦う状況《じょうきょう》にならなければいいんですし。ていうか、近い――ちょっと、ゼルさん⁉」

手首に口づけられて、メノウの声が裏返る。

「ちょっと、もう、離《はな》れてください！　あ、あと、その目つきやめてください！」

色気を垂れ流しながら流し目を送ってくるなど、迷惑なことこの上ない。メノウの願いは聞き届けられず、手首に口づけたままこちらを見つめてくる。

「なぜ私を拒絶されるのです？」

「ええっと」

「……体から先に陥落《かんらく》させようという、浅ましい思いが顔に出ているのでしょうか」

「顔どころか口から出てますね」

もう嫌《いや》だ、とばかりにメノウが横を向くと、「申し訳ございません」とゼルは頭を下げ、メノウから離れた。しかし、その口元には笑《え》みが浮《う》かんでいる。

「先日、メノウ様から思いを返していただいたのが嬉《うれ》しくて、浮かれているようです」

「思いを返したって……」

「今の私が変わってしまうのが怖いとおっしゃっていました。あれは、今の私が好ましいという意味ですよね？」

「…………」

確かにまあ、彼の言うとおりだ。否定する材料がなくて困る。メノウの手を取り、敬うようにゼルは以前のように丁寧《ていねい》な仕草で地面に片膝《かたひざ》をついた。メノウの手を取り、敬うように口づける。

「ですが、簡単に手放そうとされるのは今の私がメノウ様の理想とは異なるからなのでしょう。精進《しょうじん》いたしますので、どうぞいたらない点はなんでもおっしゃってください」

「……そういうわけじゃ、ないんですけどね」

魅了をとき解放しようとした理由を、最終的に彼は、自分の魅力《みりょく》不足と捉《とら》えたようだ。

(これだけ顔が良くて強くて私に優《やさ》しくて……まあ、好きだったタイプとは違《ちが》うんだけど)

本来のタイプは、誰《だれ》にでも優しく場の雰囲気《ふんいき》を重視し、いつも穏《おだ》やかでいるような、そういう男性。好きな人に優しくすることは、わりと多くの人ができると思う。メノウが好きなのは、その人そのものの人柄《ひとがら》として、優しい人だ。

それでも、これだけ自分を大切にしてもらえば気持ちがぐらつかないはずもなく。メノウは今日も、彼の口説きからどう逃《に》げようかと思案してばかりだ。

草を踏《ふ》む音が聞こえて振《ふ》り返ると、さきほど話題に出たヴィヴィが本を持ってきてくれたようだ。メノウがお願いしていたリーヴァロバーの歴史書だ。

「お邪魔《じゃま》でしたか？」

「ぜんぜん邪魔じゃないです。ヴィヴィさん、ありがとうございます」

彼女はメノウがついているテーブルに本を置くと、ゼルに声をかけた。

「ゼル様、この間貸した本はもう読み終えました？」

「ああ。新しいものを用意してくれ」

ゼルが立ち上がって彼女に答える。

「ゼルさん、本を読まれるんですか？」

この屋敷にいる間、彼が読書をしている姿など見たことがなかった。もちろん、メノウへ文字を教えてくれたし、読めないことはないと分かってはいるが。

「以前はほとんど読みませんでしたが、最近はヴィヴィの薦《すす》める本が興味深いもので」

メノウが問うように彼女を見ると、すぐに答えてくれた。

「女性の心を理解したいそうなので、あらゆる恋愛《れんあい》小説をお渡《わた》ししています。純愛ものから悲恋《ひれん》ものに、実話もの。もちろん、女性向けの官能小説も――」

「ちょっとヴィヴィさん！」

メノウが立ち上がると、ヴィヴィはひょいっと後ろに下がった。口の端《はし》が上がっているのはニヤついているのだろう。どうやらメノウの反応は予想の範疇《はんちゅう》だったらしい。

「いいじゃないですか。何事も勉強です」

「こ、これ以上ゼルさんに武器を渡さないでください！　あと妙《みょう》な本も！」

ただでさえ彼は顔に声に色気に、メノウを口説き落とすためのスキルがそろいまくりなのだ。妙な知識を増やさないでほしい。彼は単に従者になりたいだけなのかもしれないが、永遠にそばにいることを許すことは、恋人《こいびと》になるのと何が違うのかメノウには分からない。

「武器……？」

戸惑《とまど》った顔をするゼルの前で、ついにヴィヴィは吹《ふ》き出した。おかしそうに笑う、あのなかなか見せない明るい笑顔だ。

（くぅ……かわいい……）

悔《くや》しいが憎《にく》めない。無表情と淡々《たんたん》とした態度にうっかり騙《だま》されそうになるが、実のところ彼女は感情豊かで、そしてちょっとお茶目《ちゃめ》だ。普段《ふだん》は辛口《からくち》で現実主義なのに、気を許した相手の前では、楽しいことが好きな一面を見せる。特にゼルとの関係をおもしろがられている気がするが、ときおり見せる笑顔がかわいく、本気で怒《おこ》れないのが厄介《やっかい》だ。

目に涙《なみだ》がにじんだようで、指先で涙を払《はら》い笑いをこらえながら言う。

「私が渡す本がダメなら、メノウ様が渡されては？　自分好みの従者ができあがりますよ」

「ゼルさんが従者とか、恐縮《きょうしゅく》すぎますので！」

「頑《かたく》なな……メノウ様、考えてみてください。自分よりはるかに強い男がメノウ様を守り、癒《い》やし、仕える――いいことずくめですよ？　なんならさみしい夜だって……」

ヴィヴィのセリフに不穏《ふおん》なものを感じて、メノウはゼルを振り返った。

「あ、あの！　ゼルさん！　ちょうどケーキが食べたいなと思っていたところで……お願いできますか？」

「承知いたしました」

追い払われたのだと分かりそうなものだが、メノウの一日一回のお願いを、彼はとても幸せそうに聞いてくれる。彼が屋敷《やしき》へ姿を消したのを見て、ぐったりと席についた。

最近はなぜかヴィヴィまでがゼルの味方だ。序列を考えれば、彼女が彼へつくことはなんら違和感《いわかん》はないのだが、それだけが理由ではない気がする。そういえば前に、今が一番ゼルが幸せそうだと口にしていたが、彼の幸福を思っているのだろうか。魅了というのいつ破綻《はたん》するか分からないものであっても。

疲《つか》れ果てたメノウに、ヴィヴィは不思議そうだ。

「私には何がひっかかっているのか分からないのですが。いい加減、流されちゃえばいいんじゃないですか？」

「流されちゃえばって……」

「いいじゃないですか。あの美貌《びぼう》。あの強さ。いったい何が不満なんです？」

「不満なんて、別に……そういうんじゃないんですよ」

そう答えつつも、彼女の言うとおり、流されてもいいんじゃないかという気がしてきた。

彼の話だけではない。この生活についてだ。

ゼルという美貌の持ち主はメノウを溺愛《できあい》してくれるし、ヴィヴィとの間には美咲の頃《ころ》にはなかった、飾《かざ》らずに本音で話すことの楽しさがある。ババロアはメノウを娘《むすめ》と認識《にんしき》し、穏やかにメノウの話を聞き、助言と安心感をくれる。この屋敷にいる限り、メノウの周りには温かい時間が流れている。

ときおり魅了《みりょう》にかかった人間に囲まれれば申し訳ない気持ちになるけれど、食事はおいしいし、毎日ケーキが出てくるし、働かなくていいし愛想《あいそ》笑いもしなくていいし人の顔色を窺《うかが》うこともしなくていい。

何一つ不自由がなかった。

(いやいやいや……この後兵器を壊《こわ》したら、あの魔王《まおう》城に戻《もど》るんだし)

強面《こわもて》の上級魔族《まぞく》たちが集《つど》う城。上級魔族が全員城に住んでいるわけではないが、近くには住み、わりと気軽にやってくる。ババロアが戻れば、挨拶《あいさつ》のために数々の上級魔族が足を運んでくるだろう。そして今回のことを許すのかだとか、人間を支配下におくべきだとか、物騒《ぶっそう》なことを言い出すのだ。

そして何よりもの問題は、ゼルの魅了がいつとけるか分からないという、最大のリスクが残ったままということだ。

(平和……)

心の中でつぶやく。メノウが心から求めるもの。先日、ババロアに望みがないと言われたけれど、心から求めるものはそれだ。

「そういえば兵器って、まだ見つからないんですか？」

ヴィヴィに問いかけられ、思考が現実に戻る。

「ああ……一応ボルクさんたちから報告は受けてますよ。どうも、ロザリア妃《ひ》が持ち歩いてるみたいですね。持ち歩いてるっていっても、けっこうなサイズで、台車に載《の》せてるってことでしたけど……それで、一週間前に王都から運び出されたって情報で止まってます。

ヴィヴィさんのほうは、密偵《みってい》から報告はないんですか？」

「私も同じような報告を受けてますね。ロザリアが城を出て、兵器も運び出されたとか。一週間か……どこへ向かっているんでしょうね」

台車や馬で運べば目立つだろう。簡単に情報は手に入りそうなのに、なぜか報告は届かない。

「ところでメノウ様、昔の記憶《きおく》が曖昧《あいまい》にしかないって話でしたけど、リーヴァロバーで魔《ま》力《りょく》をとられた時のこと、まだ思い出せないんですか？」

魔王城を発《た》つ時にも、ヴィヴィに聞かれた問いかけだ。時間が経《た》ち、思い出すことを期待してもう一度聞いたのだろう。

「赤鳥……」

「赤鳥？」

「最後に、赤鳥を見た気がします。足を怪我《けが》していて、引きずっていて……」

気になって手を伸《の》ばしたところで、なぜかしびれを感じ、そこで記憶は途絶《とだ》えている。とても大きく、見事な色の赤鳥だった。

（まるで、赤鳥の王みたいな……）

過去の記憶を回想しようとしたのだが、沈黙《ちんもく》すると屋敷の騒《さわ》がしさが気になった。何か、ボルクや兵たちの声が聞こえるが。

（来客……？）

振《ふ》り返ると、扉《とびら》が開いて、中庭に男が現れた。

「メノウ！　よかった」

「ラディムさん！」

現れた青年は、金髪《きんぱつ》に緑の瞳《ひとみ》のラディムだった。前に会った時はやわらかい表情だったのに、今はどこか硬《かた》い表情をしている。彼を引き止めるように、ボルクや兵が現れた。

「客間にお通ししますので」と言っているが、ラディムは聞く気配はないし、彼の側近のアルトが、邪魔《じゃま》するなとばかりにボルクたちを押さえにかかっている。

その横を戻ってきたゼルが通りすぎ、持っていたトレイをメノウのテーブルに置いた。そのままメノウのそばで、ラディムを警戒《けいかい》し睨《にら》みつける。帰れなどの言葉を口にしないのは、以前に彼のことでメノウと揉《も》めたからだろう。メノウはゼルに小さく礼を言って立ち上がると、テーブルから離《はな》れラディムに向き直った。ただし、ゼルの視線を意識して一定の距離《きょり》は置く。

「元気にされてました？　また各地を回っているんですか？」

「あー……積もる話もしたいんだけどね。今は急ぎの話があって。魔王はいないの？」

「……父が塔《とう》からいなくなったこと、もう知ってるんですね」

少しだけメノウは警戒する。

「ああ……ロザリアが激怒《げきど》しているからね。監獄塔《かんごくとう》にいた兵士が、魔王を逃《に》がした罪ってことで全員処刑《しょけい》されそうになってる」

「え……？」

「娘の魔力が奪《うば》われても、武器を持たず和平交渉《こうしょう》をしに来た魔王だ。もしかしたら、力を貸してもらえるかもしれないと思って来たんだけど……」

普通《ふつう》、自分を捕《と》らえていた人間が処刑されると聞いて、助けてもらえるとは思わないと思うのだが。おそらく、ババロアの人柄《ひとがら》を知っているのだろう。

聞いていたヴィヴィが口をはさんだ。

「魔王様は魔族の中でこそ最強ですけど、人間にはめっぽう弱いですよ。それに、魔力をずいぶんと吸われ回復に時間がかかっています。……小さい切り傷はすぐ治るけれど、深い傷には時間がかかる、それと同じです」

「……」

メノウは塔で会った兵士のことを考えた。ロザリアに心酔《しんすい》していたように見える男たち。しかし、中にはごくごく平凡《へいぼん》そうに見えた兵もいた。彼らは国の命でババロアを捕らえていただけだ。

「助けられる算段があるんですか？」

「処刑が行われる場所は分かってる。断崖絶壁《だんがいぜっぺき》のある死の谷だ。魔物《まもの》が多く集まる場所、そこへ崖《がけ》から突《つ》き落とすそうだ。収容所は呪具《じゅぐ》が張り巡《めぐ》らされていて近づけない……だから、突き落とされる直前に奪還《だっかん》したいと考えてる」

「――――」

話を聞くだけで体がすくみそうになる。

（だけど、たぶんこれは、私に無関係な話じゃない……）

ババロアを連れ出したことだけではない。そもそもの話としてだ。

足を引きずるような音が聞こえて振り向くと、ババロアが屋敷《やしき》にいた兵の助けを借りながら庭に出てきた。ラディィムの訪問を聞きつけたのだろう。

「あの場にいた兵は、二十は超《こ》えていたと思うが……全員殺されるのか？」

ラディィムはババロアを見て、特徴《とくちょう》的な外見からすぐに魔王と分かったようだ。

「はい。国王の命です。……実際には、ロザリアの意向でしょうが」

ラディィムが悔《くや》しそうに顔をしかめ、拳《こぶし》を握《にぎ》りしめる。

「あそこにいた兵の中には、私の世話を献身《けんしん》的にしてくれた者もいた。殺されると聞いて黙《だま》っているわけにはいかないな」

「お、お父さん！　そんな体で！」

「そうですよ。魔王様はそんな体じゃ役立たずですから、眠《ねむ》ってとっとと復活してください。体にダメージを受けるくらいに魔力を吸われたのに……それともなんですか？　また捕《つか》まってメノウ様を助けに呼びます？」

ヴィヴィは自分が仕えるババロアに対してすら辛口《からくち》だ。

「……いや。しかし」

「私が行きます」

メノウがラディムの前に進み出た。

「今回の作戦は、あくまで助け出すだけで……誰《だれ》かを傷つけるものではないんですよね？」

「ああ。そのつもりだよ。……だけど、君が？」

「一応、これでも魔族なので……私でよければ同行させてください」

悩《なや》むラディムは、自分より弱い者の手を借りることをためらっているのだろうか。メノウも先日痛感したが、やはり実践《じっせん》において、自分はまだまだ未熟だ。上級魔族であるがゆえに魔力量や治癒《ちゆ》力には優《すぐ》れていても、そこまでだ。

（それでも……）

「これは、私の不注意が招いたことかもしれないので……」

「不注意？」

糾弾《きゅうだん》されることを恐《おそ》れながらも、黙っていることのほうが怖《こわ》くて告げた。

「塔の兵に会った時、ロザリア妃《ひ》にずいぶん心酔しているように見えました。国王もロザリア妃に夢中だとか……この街の領主も、初めはまるで彼女の言うことならなんでも正しいというように彼女の言葉を受け入れていました」

メノウはヴィヴィを見た。

「私は、魔力をすべて吸い取られてヴィシュタントに返されたんですよね？」

「はい」

「吸い取られた私の魔力は、どこへいったんでしょう」

ヴィヴィは「あ」という顔をしたが、ババロアやラディムは想像がついていたのか、何も言わず、ただ表情が陰《かげ》っただけだった。

半年前に魔力をすべて吸い取られヴィシュタントに返されたメノウ。同時期に国王がロザリアに心を奪われ、国を傾《かたむ》け始めた。メノウの魔力を込めた呪具を作り、それを使っている。そう考えれば辻褄《つじつま》は合う。

（だから……元はといえば、私がリーヴァロバーに来て下手を打ったから）

傷ついた足を引きずる赤鳥。あれに気を取られ、手を伸ばした。あの時、誰かに呪具でも使われたのだろう。

そもそもなぜあの時、一人で出歩いたりしたのか。確かに今よりずっとリーヴァロバーは平和だった頃《ころ》だけれど、戦闘力《せんとう》を持たないくせに上級魔族《まぞく》であった自分は、もう少し警戒するべきだったのだ。

「メノウ。私の力が入った呪具を持って帰ってきていたな」

「え？　あ、うん」

「あれをそこの人間に持たせるといい。彼女の魅了《みりょう》を防いでくれるだろう」

「抑制《よくせい》の呪具なら、僕はもう身につけてる。ただ……そうだね。数があるなら、僕の従者にも渡《わた》しておきたい」

ラディムが横を向いた。

「アルト！」

彼の声に、黒髪《くろかみ》の童顔の従者が彼のもとへ来た。ボルクや屋敷の兵たちは、ババロアが来た時点で客間にラディムたちを連れていくことはあきらめたようで、庭から出ていっている。

やがて、ヴィヴィはババロアの部屋にあった呪具を布袋《ぬのぶくろ》にくるんで持ってくると、その中の一つをアルトに手渡《てわた》した。

「私には必要ないのでは……私は彼女の魅了にはかかりません。ラディム様同様、死ぬほど嫌悪《けんお》しておりますので」

「万が一ということもあるだろう。受け取っておけ」

ラディムにそう言われれば、アルトは素直《すなお》に腕輪《うでわ》の呪具をはめた。

「お仲間にもどうぞ」

ヴィヴィが布袋ごと残りをアルトに手渡す。彼は受け取ると、黙って小さく頭を下げた。

「それじゃあ僕らはもう行く。処刑は今日の夕刻らしい」

「それなら私も……」

進み出ようとしたメノウの腕を、ゼルが摑《つか》んだ。彼の目はラディムに向かっている。

「罠《わな》の可能性は？」

「理由は違《ちが》えど、これまで何度も行われたことだ。単なる処刑だよ。彼女の娯楽《ごらく》さ」

「……………あんな、メノウ様に無礼を働いた人間」

メノウは摑まれていないほうの手で自分を摑む腕に触《ふ》れた。彼の不機嫌《ふきげん》な青い瞳《ひとみ》がメノウを見下ろす。

「ゼルさん……元はといえば、私が魅了の力を奪われたせいです」

そのせいで多くの人が死ぬなど、寝覚《ねざ》めが悪い。今まで殺された魔族や人間すべてのことを思えば、心は耐《た》えられないけれど。

（せめて、今救える命くらいは――）

真剣《しんけん》なメノウの目を見て、ゼルは静かに手を離《はな》した。

（処刑《しょけい》の場へ行くとか……本当は怖いけど）

それでも、美咲の頃とは違う。自分には力もあるし、それに——。

「あの……ゼルさんとヴィヴィさんも、一緒《いっしょ》に来てはくれませんか？　これは私の個人的な願いですから、断っていただいてもかまいません」

メノウは控《ひか》えめに問いかけた。人間を救うために危険な場所へ行くことを強要するわけにはいかない。それでもきっと、二人は来てくれるだろう。そう思える人が自分のそばにいることが、なんだか不思議だった。

「私はかまいませんが。ゼル様はどうなさいますか？」

「当然行くに決まっているだろう」

わざわざヴィヴィが問いかけるのが不思議で何かあるのかとゼルを見ると、彼はやわらかくメノウへほほ笑《え》んだ。彼のいつもの笑顔に、ホッとする。

「もちろん私はメノウ様に同行いたします。おそばを離れるつもりはございません」

「——ありがとうございます」

当然のことのように承諾《しょうだく》してくれる二人の気持ちがありがたく、メノウは頭を下げた。

死の谷。

確かにその名にふさわしい崖《がけ》の続く場所だ。うっかり足を踏《ふ》み外せば、生きては戻《もど》れないであろう渓谷《けいこく》と、下から聞こえる魔物《まもの》の唸《うな》り声。

崖の上には人だかりが見えた。彼らが豆粒《まめつぶ》ほどに見える距離《きょり》で、岩陰《いわかげ》に身を潜《ひそ》め彼らを見る。メノウと共にいるのは、ゼルとヴィヴィ、そしてラディムとアルトと、ラディム率いる兵士たちだ。ラディムたちは、いつかの商人姿ではなく、鎧《よろい》を着て帯剣《たいけん》している。

メノウにしても、普段《ふだん》のドレス姿ではなく、白のパンツに黒ブーツ、紫《むらさき》のブラウスと、動きやすさを重視した姿だ。この姿でラディム率いる五十の兵と合流した時、女性が来るのかと驚《おどろ》かれ、すぐにゼルとヴィヴィの髪《かみ》色を見て魔族だと察してくれたが、「状況《じょうきょう》によっては凄惨《せいさん》な光景を見ることになるかと思いますが、大丈夫《だいじょうぶ》ですか?」と気遣《きづか》われた。彼らはこれまでにも経験があったのかもしれない。大丈夫だと返しながら、メノウはラディム同様、彼の部下も好ましい人物たちなのだと理解した。できれば、全員無事で帰りたい。

しかし、その思いとは裏腹に、遠くの状況を見ていたヴィヴィが舌打ちをした。

「ありえない呪具《じゅぐ》の数ですね。これはちょっと……魔王《まおう》様を置いてきたのは失敗だったかもしれません。まあ連れてきたところで、今のあの方では役に立たないでしょうが……」

メノウはあまり魔力《まりょく》を感知する、ということができないが、それでも妙《みょう》な息苦しさを覚えた。目を凝《こ》らすと、かなり距離はあったが、彼らの様子を窺《うかが》い知ることができた。

武装していない人々が縄《なわ》で繋《つな》がれ、周囲の兵士たちに促《うなが》され崖に向かって歩かされている。処刑はまだ開始されていないのか、崖の前で足を止めた。

やがて、一番大きく豪華《ごうか》な馬車から、きらびやかな衣装に身を包んだ男が降りてきた。ラディムの髪色と同じ金髪《きんぱつ》。彼が国王だろう。そしてもう一人、国王に手を引かれて女性が降りてきた。短い黒髪。赤と黒を基調にした派手な衣装に身を包んでいる。

二人は処刑される人間を見物にでも来たのか、用意された席についた。周囲には家臣と思われる人々も席についている。

兵が崖の下に何かを落とした。まだ人は落とされてはいないようだが、なんなのだろう。

「……血を撒《ま》きましたね。臭《にお》いにつられて魔物が集まってきています」

ここからは見えないが、ヴィヴィは魔力の動きで把握《はあく》したのだろう。

思わず口を覆《おお》った。本当に魔物を集め、あの場に兵を突《つ》き落とすのか。

ヴィヴィが苛立《いらだ》ったように舌打ちした。

「前に街を襲《おそ》った魔物、やたら力をつけている印象でしたが……人間や魔族を食《く》らわせてたんですね」

鎧姿のラディムが兜《かぶと》で顔を覆い、馬に跨《また》がった。

「……行こう。助けるなら今しかない」

彼が馬を走らせ、その後を兵たちが続く。彼らを追うように、メノウとヴィヴィも馬を走らせた。

馬の駆《か》ける音に、すぐに国王たちは気がついたようだ。近づいていくと、黒髪の美女が真っ赤な唇《くちびる》を笑みの形に歪《ゆが》めているのが見えた。罠ではないとしても、これぐらいの奇襲《きしゅう》は恐《おそ》るるに足らずということか。

――ドンッ！

地鳴りのような音がしたかと思うと、縄を手にしていた兵士たちが膝《ひざ》をついた。中には地面に這《は》いつくばった者もいる。ラディムが持っているアーロンの呪具によるものだろう。

続いて、アルトが動いた。なぜか馬から飛び降りると、自分の靴《くつ》に触れた。どうやら靴に呪具を仕込んでいたようだ。触れた途《と》端《たん》に靴をバネに矢のように飛び出し、捕《と》らえられていた人々の縄を剣で切っていく。

そこまでの光景であれば、自分は来る必要があったのかと思いそうなところだ。

しかし黒髪の美女――おそらく、ロザリアであろう人物――は、華《はな》やかな椅子《いす》からその光景を見下ろし、右手を前に出した。

「！」

アルトを含《ふく》めて、縄で捕らえられていた人々の足が地面から離れる。おそらく、アーロンの重力を操《あやつ》る呪具だろう。前にラディムは、一部の呪具は奪《うば》ったが、ほとんどはロザリアが持っていると言っていた。ロザリアの呪具で浮《う》かされている、そう理解した時、彼らの姿は谷の上にあった。やがて、糸が切れたかのように彼らの体が谷底へ向かう。すかさずラディムが呪具を使ったように見えたが、押し負けたようだ。彼らの体が落下していく。

「――っ！」

メノウは鎖《くさり》の呪具を振《ふ》り、落とされかけた人々の体を一人一人搦《から》め捕り、数珠繋《じゅずつな》ぎのようにして落下を防ごうとする。

「メノウ！」

ラディムがこちらへ駆け手を伸《の》ばす。鎖で搦め捕ったのは、二十人ほどか。もちろん支えきれるはずもなく馬から引きずり降ろされるが、彼らに繋がる鎖をラディムが、そして彼の兵士たちが次々に摑んだ。

（ありがたい……けど）

自分がこの状況になれば、すぐに動くはずのゼルとヴィヴィの動きがない。振り返れば、ゼルの生み出したらしい尖《とが》った石が、ロザリアの一メートルほど前で止まっていた。続いて生み出された吹雪《ふぶき》も、彼女と、隣《となり》に座る国王には届かない。周囲にいた家臣たちは、悲鳴をあげて後ろへ逃《に》げていくが、それだけだ。

ロザリアが上げた左腕《ひだりうで》に、ジャラジャラと何個もの腕輪がつけられている。きっとあらすべてが呪具なのだろう。今使っているのは、抑制《よくせい》の呪具か。

「もしかして、ゼル・キルフォードとヴィヴィティア・ハルト？　ずいぶんな上級魔族《まぞく》のおでましね」

言葉に反して、ロザリアはその二人の魔術《まじゅつ》を完全に防ぎ、笑っている。

なんとかアルトたちを引っ張り上げたラディムが、ロザリアを睨《にら》む。彼女の口元には笑みが浮かんだまま。短い黒髪《くろかみ》はつややかで、同じ色の目は不自然にも思えるほど大きい。顔立ちは子どものようにも見えるが、豊満な胸と妖艶《ようえん》な笑みが、彼女を女に見せている。

ロザリアが足を組むと、ドレスに深いスリットが入っていて、彼女の太ももがあらわになった。そのまま、真っ赤な唇を開く。

「まさか魔族と手を組み国王に盾突《たてつ》くなど……レアンドロ殿下《でんか》、これは極刑《きょっけい》に値《あたい》しますね」

「僕はレアンドロじゃない」

高級な呪具を次々と使ったことで正体がバレたのだろうが、ラディムは初めからしらを切るつもりだったようだ。

「まあ……！　お聞きになりましたか？　陛下。上級魔族から作った呪具を使い、お気に入りの従者を連れておいて、レアンドロ殿下ではないそうです」

声をかけられたフィリップ国王は、ゆっくりと彼女のほうに顔を動かしたが、口を開くことはなかった。表情もどこかうつろだ。

「安心しましたね、陛下。あなたの弟ではないのなら——殺してしまっても問題ありませんものね！」

再び彼女が右手を突き出せば、その腕につけられたいくつもの腕輪がジャラッと音をたてた。

「メノウ様！」

ゼルの声と共に、メノウは彼に抱《かか》えられ、その場から離《はな》れた場所へと移動させられていた。同時に稲妻《いなずま》が視界を走り、兵士たちの悲鳴が上がった。

「あああああああ」

ラディムやアルトの声も聞こえる。

「ラディムさん！」

「――っ」

動いたのはヴィヴィだ。巨大《きょだい》な氷の盾を作り、それで雷《かみなり》を防ぐ。彼女が生み出すのは、雷を一切《いっさい》通さないほどの純度の高い氷なのだろう。

「くっ……」

なんとかラディムたちが地面に手をつき立ち上がるのを見て安堵《あんど》した。かなり消耗《しょうもう》したように見えるが、死んではいないし、意識もあるようだ。

ロザリアは気分を害したようで、再び椅子に座ると肘《ひじ》をついた。

「ねえ……あなたたちいつまで寝《ね》てるの？　私は魔物が人間を食い荒《あ》らすところを見たいんだけど。あなたたちも一緒《いっしょ》に餌《えさ》になる？」

彼女の言葉に、ラディムの呪具により倒《たお》れていたロザリア側の兵たちが立ち上がった。

彼らが剣《けん》を手に、いまだ雷のしびれから回復しないラディムたちに向かう。即座《そくざ》にヴィヴィが氷の檻《おり》で彼らを閉じ込めようとしたが、氷は彼らを包む前に霧散《むさん》した。

左腕を前に出したロザリアが、不敵に笑う。

「――っ！　魔王《まおう》様の……！」

ヴィヴィが舌打ちした。どれだけ改良を重ねたものなのか、ラディムが使う魔干の呪具《じゅぐ》とは異なり、離れた魔術すらも彼女の意思で防ぐらしい。

メノウの隣でゼルが剣を抜《ぬ》いた。

「メノウ様。手足を切り落とすくらいはかまわないでしょうか？」

ラディムたちに向かう兵について聞いているのだろう。数は百程度だろうか。あの人々すべてが体の一部を失い、呻《うめ》くことを考えれば吐《は》き気がする。

「――……」

凄惨《せいさん》な光景を思い描《えが》いてしまい、ぎゅっと目をつむった。メノウが判断に迷えば、ラディムたちが雷撃《らいげき》でしびれた体をなんとか立て直し、自ら応戦する。

(抑制の呪具をロザリアが持っている限り、傷つけずに彼らを抑《おさ》えることは厳しい)

かといって、傷つけずに止めろなどと言えば、逆にゼルのほうの動きが鈍《にぶ》り、彼が傷つけられるかもしれない。彼はメノウの願いを忠実に叶《かな》えようとするからだ。

返事をできずにいることで、彼はメノウの思いを察したらしい。人間に剣を向けることはしなかった。

「あーあ」

苦戦を強《し》いられる兵たちを見て、ロザリアが退屈《たいくつ》そうに足を組み替《か》えた。

「もういいわ」

ロザリアが右手を突《つ》き出す。その一つに上級魔族、アーロンの呪具があるのだろう。重力が操られ、ラディムたちの体が宙に浮かび、谷へと向かう。

「ダメ！　……ラディムさん！　アルトさん！」

再びメノウが鎖を生み出そうとするが、ロザリアの左手を向けられただけで、どうやっても発動しない。ラディムやアルトが自分たちの持つ呪具に触《ふ》れるが、状況《じょうきょう》は同じようだ。おそらく、呪具の力を封《ふう》じられているのだろう。

自分の弟が殺されそうな状況を見てか、フィリップがゆらりと席を立った。しかし、それだけだ。うつろなまなざしで彼らをぼうっと眺《なが》めるだけ。彼の感情を感じかけたけれど、気のせいだったようだ。

「――――ラディムさん！　みんな！」

「バイバイ、レアンドロ殿下のそっくりさん」

最後にラディムと目があった瞬間《しゅんかん》、ロザリアが呪具を使うのをやめ、彼らの体が谷底へと消えた。

「――――」

あの深い谷底に落ちれば、無事でいられるはずがない。仮に命があっても、魔物《まもの》に襲《おそ》われる。聞こえてくる魔物たちが集まってくる音。餌を取り合う鳴き声。今から降りて助けようとしても、間に合わない。

ラディムのやわらかな笑顔《えがお》が脳裏《のうり》に蘇《よみがえ》る。魔族との関係を憂《うれ》い、国王の目を覚まさせると決意を見せた彼。そしてその彼に付き従っていた兵たちの覚悟《かくご》や、メノウたちへ向けられた優《やさ》しい気遣《きづか》い。

彼らの姿がかき消えると、メノウの中で何かが弾《はじ》けた。

「メノウ様！」

止めようとするゼルを無視し、メノウはロザリアに駆《か》けた。

「――――許さない……許さない！」

彼女にたどり着く前に、ロザリア配下の兵が立ちふさがる。

「貴様らは……元は仲間だった人間が魔物の餌になっても何も思わないのか！　目を覚ませ！」

ほとばしる感情に魅了《みりょう》が発動する。振り上げた剣を下ろし、膝《ひざ》をつく兵たち。

「私の声が届くなら、ロザリアを押さえろ！」

メノウの叫《さけ》びに兵は再び立ち上がると、ロザリアに向き直った。

その様子を見て、ロザリアが目を見開いた。

「まさか――メノウ・ヴィシュタント？」

この時になって、ようやくロザリアと目があった。

黒い瞳《ひとみ》はメノウの瞳よりも大きく、あどけなさが彼女の妖艶さと相まって独特な魅力を生み出している。メノウを見ると、目を輝かせ笑顔を作った。

「へえ……！　生きてたの！　全部吸い取ったと思ったのに」

「吸い取った？」

「あなたの魔力《まりよく》は、この私が全部もらってあげたの」

彼女が耳につけた大ぶりの赤いイヤリングに触れる。

「この力はあなたより私のほうがふさわしいでしょう？　だって、私の美貌《びぼう》のほうが上だから。ねえ……」

ロザリアの視線が兵たちに向かう。

「立ちなさいよ。あなたたちの主《あるじ》は誰《だれ》？　――彼女を捕《と》らえなさい」

「！」

一度はメノウの魅了にかかったはずの兵が、メノウを振《ふ》り返る。再び彼らを魅了にかけようと瞳に力を込めるが、彼らは止まらない。

「メノウ様！」

ゼルが剣を構えメノウへ走ろうとし、しかし人間を傷つける寸前で思いとどまり魔術《まじゅつ》に切り替えたようだが、発動しなかったようだ。同じように、メノウも光の鎖《くさり》を操《あやつ》ろうとしたが出現せず、兵たちに両腕《りょううで》を摑《つか》まれ、呪具を地面に落とした。そのまま首筋に剣を向けられれば、もう動くことはできなかった。

「メノウ様！」

「あははは！　また捕《つか》まえた！」

ロザリアの子どものような笑い声が響《ひび》く。

（また……？）

「今度はちゃあんと死ぬよう、魔物の餌にしてあげないとね。ああ……その前に、せっかくの掃除《そうじ》を最後までしておかないと」

「掃除……？」

ロザリアの指示に、周囲に控《ひか》えていた側近が布に覆《おお》われた台車を引いて持ってくる。布を取り去れば、そこには不自然な形をした大砲《たいほう》があった。不自然に見えたのは、巨大なツノのようなものが大砲につけられ、そのツノへぐるぐると水晶《すいしょう》が取り付けられているからだ。

「！」

（あれ、まさか……）

ロザリアが立ち上がり、兵器の一番上の呪具に触れた。

「視察として城から追い出しても、邪魔《じゃま》ばかり……万が一生き残られると、困るのよね」

――キイイイイィィィィン
耳障《みみざわ》りな音を放ちながら、大砲の前に虹色《にじいろ》の光が集まっていく。向きからして、狙《ねら》いはラディムたちが落ちていった谷底か。やがて時間をかけ光が爆発《ばくはつ》寸前まで収斂《しゅうれん》していくのを見て、メノウは声をあげた。

「――――待っ！」

メノウの言葉を待たず、光は一気に放出された。

激しい爆音《ばくおん》に耳が馬鹿《ばか》になり、何も聞こえなくなった。まぶしい光がおさまっていく中、もうもうと煙《けむり》があがる。

メノウは咳《せ》き込んだが、耳はいまだ回復せず、自分の咳《せき》の音すら聞こえない。

やがて煙が晴れると、崖《がけ》が丸く削《けず》り取られ、そこから見えた谷底にさらに深い穴が空いていた。近くに魔物の残骸《ざんがい》がわずかに散らばっているが、ほとんどの人や魔物は跡形《あとかた》もなく消し去られたようだ。

（ラディムさん……）

まだ兵器が完成したという報告は聞いていないが、すでにでたらめな威力《いりょく》。遺体すら残らないほどに殺されるなど。

「────っ！」

悲しみと悔《くや》しさに唇《くちびる》を噛《か》む。この状況でゼルとヴィヴィが動かないことに違和感《いわかん》を覚え彼らを見ると、なぜかゼルが膝を折っていた。

「メノウ様！」

ヴィヴィがメノウを助けようと動くが、メノウが首に痛みを感じると、彼女の動きが止まった。メノウを捕らえる兵が首に剣先《けんさき》を食い込ませたようだ。

「っ……」

ゼルが立ち上がり、ヴィヴィの耳元で何かをささやくのが見えた。

しかし、ゼルたちが動く前にロザリアの視線が彼を捉《とら》える。

「ねえ、メノウ・ヴィシュタントを返してほしい？」

ゼルが青い瞳でロザリアを見すえる。

「……返してほしいと言えば、解放するのか？」

「もちろん、交換《こうかん》条件を呑《の》んでくれれば」

ロザリアは割れた腕輪《うでわ》の呪具《じゅぐ》を取り出して放った。カンカンと音をたて、ロザリアとゼルの間に転がる。割れていると見えたのは、半分に開いていたからだ。おそらく手錠《てじょう》のように、一度閉じると開かない仕組みが入っているのだろう。

（あれ、お父さんを捕らえていた、鍵《かぎ》がないと開かないって言ってたやつ……）

あの時、ババロアは自分の魔力を使い作られていると言っていた。魔族《まぞく》を拘束《こうそく》するものなのだ。当然、魔力を抑える効果も込められているだろう。

「その呪具をはめたら彼女を解放してあげる」

ゼルが呪具のもとまで歩き、拾い上げる。

「――――」

メノウはこの先の流れを予想し、青ざめた。

「ま――待って！　ゼルさんダメ！　はめちゃダメ！」

静かなまなざしで彼がメノウを見る。その瞳に強い違和感を覚えた。

普段《ふだん》の無表情とは違《ちが》う。メノウを捕らえられた焦《あせ》りでもなく、救うという必死さでもなく、ただただ、静かな感情が浮《う》かんでいる。あれは、あきらめ――だろうか。それとも、別れを覚悟した者の目か。

（嘘《うそ》……）

無敵に見えたゼルの、そんな顔が信じられない。しかし、ゼルとて力を抑え込まれてどれほど戦えるというのか。彼は以前に、魔王《まおう》の力は、治癒《ちゆ》力も魔力抵抗《まりょくていこう》も抑えるものだと言っていた。だとすれば、あの呪具をはめればロザリアの魅了にかかる可能性だってある。

（違う……）

可能性ではない。そもそもロザリアは、メノウとゼルを交換するつもりなのだ。おそらくは、序列二位のゼルを自分の傀儡《くぐつ》とするために。それを分かっていて、ゼルは呪具を手にしたのだ。

「――ダメ……絶対ダメ！　ゼルさん！　その呪具を捨てて！　ゼルさん！」

声の限りに叫《さけ》ぶのに、いつもはメノウの言葉に絶対服従のゼルが従わない。

当たり前だ。考えてみれば、ゼルの仕えたいという言葉をずっと拒絶《きょぜつ》して。主従関係もないのに、いまさら彼を従えようなどと都合のいい話だ。ずっと彼は、ただメノゥに気に入られるために、メノウを喜ばせるために、これまで頼《たの》みを聞いてくれていただけなのに。

「申し訳ございません……メノウ様。聞けません」

はっきりと彼の声が耳に届けば、絶望がメノウの心を包んだ。

ゼルがロザリアに向き直る。

「メノウ様に向けている剣を捨てさせろ。そうすればはめてやる」

「……いいわ。でもまずあなたが先に剣を捨てて」

ロザリアに言われるがまま、ゼルが剣を投げ捨てる。

「ダメ……ダメ……ヴィヴィさん！　ゼルさんを止めて！」

ヴィヴィが申し訳なさそうにメノウを見るが、動かない。

（まさか、さっきゼルさんがヴィヴィさんに耳打ちしたの……）

何かを命じたのだとすれば、序列二位であるゼルの命令が、メノウの命令よりも優先される。

「ダメ……ダメダメダメ。ゼルさん！」

自分を捕《と》らえる兵の手を振《ふ》り払《はら》おうとするが、二人がかりで押さえられれば撥《は》ねつけられない。やがて兵が剣を放《ほう》るのを見て、ゼルが呪具をはめた。

「——」

「約束だ。メノウ様を解放しろ」

「ふふっ……あはは！　いいわ。その女を放して——」

黒い目を細める。

「殺しなさい」

「！」

兵がメノウの腕を放し、剣を拾った。しかし兵が剣を構えるより早く地鳴りが響いたかと思うと、地面から氷柱《つらら》が突《つ》き上がり、メノウの体は宙に放り出されていた。

（なっ……？）

宙に放り出されたメノウの腕を、同じく空中へ現れたヴィヴィが摑む。彼女のもう一方の手には、メノウが落とした鎖《くさり》の呪具とゼルの剣があった。彼女の足元にも氷柱があるのは、彼女が魔術《まじゅつ》を使い自分の体を氷で押し上げたからだろう。

「ヴィヴィさん？」

「一旦退《いったんひ》きます！」

彼女が生み出す氷が長い氷の滑《すべ》り台を生み出して、メノウを担《かつ》ぐようにして抱《かか》えて滑り出し、その場から離れていく。

「だめ……お願い待って、ヴィヴィさん！　ゼルさんが！」

メノウの視線の先で、彼は無抵抗《むていこう》に見えた。兵たちに捕らえられ、ロザリアのもとへ連れていかれる。

魔力《まりょく》を抑《おさ》えられたのだ。数々の呪具を持つロザリアに抵抗するだけ無駄《むだ》だと判断したのかもしれない。

（なんで――……）

おそらく、彼は自分の身を差し出したところでロザリアがメノウを解放するなどと思っていなかった。しかし兵に剣を捨てさせるため、そしてメノウからロザリアの注意を外すために、自分の身を差し出したのだ。

「いや……やだ。ゼルさん！　逃《に》げて！　これは命令です！　仕えるの許すから……許すから！　お願い逃げて！　いやああ――――！」

騒《さわ》ぐメノウを抱えたまま、ヴィヴィがどんどんと彼らから離れていく。やがて押さえきれないと判断すると、「すみません」と言い、メノウの腕を氷漬《こおりづ》けにした。

序列十三位のヴィヴィに、こんなにも簡単に押さえ込まれる。どんなに叫ぼうと、彼らの姿はどんどんと遠ざかっていく。

(ゼルさん――)

やがて、彼らの姿が完全に見えなくなった。

ゼルの笑顔《えがお》と、気遣《きづか》いと、メノウに向ける優《やさ》しさと。そのすべてが二度と見られないかもしれないと思えば、心が絶望に染まる。彼を失えば、あの屋敷《やしき》で過ごした穏《おだ》やかな時間は、もう永遠に訪《おとず》れない。

(私は……馬鹿《ばか》だ)

こんな時に、父の言葉を思い出す。本当の望みはないのか、と。

(なくして気づくとか……本当に馬鹿)

目から涙《なみだ》がこぼれ落ちる。

(私は、ただ……大切な人たちに囲まれて……大切な人たちと、笑ってたかったんだ)

一度流れた涙はなかなか止まらず、次から次へとこぼれ落ちていった。

第五章　—　格の違い

死の谷から遠く離れ、森の近くまで来ると、ヴィヴィはメノウの腕を解放して、森の中へと連れ込んだ。泣き続けていたメノウは、いつ手を拘束する氷が溶《と》かされたのかも気づいていなかった。ヴィヴィはメノウの呪具《じゅぐ》を服の中にしまい、ゼルの剣を握《にぎ》り直す。

「メノウ様、ベルストまで歩けますか？　私までこれ以上魔力を消費するわけにはいきません」

「消費……？」

涙を拭《ぬぐ》い、ヴィヴィに聞き返す。

「水を氷に変えたり氷自体を操《あやつ》ることは苦ではないのですが、無から有を生み出すことは、上級魔族《まぞく》であってもかなりの魔力を消費するのです」

（無から有……？）

その言葉に、なぜだか悪い予感を覚える。

「そういえば、出発前にヴィヴィさん、ゼルさんに同行するか確認していましたけど……」

ゼル様はどうなさいますかと、あらためて聞いていたことに、違和感を覚えたことを思い出した。

メノウの視線を受け、ヴィヴィは視線をそらす。ベルストに向かうつもりか歩き出したが、メノウの問いには答えてくれた。

「ゼル様はメノウ様と魔王様を助けに行かれた際、馬では間に合わないと考えられたのでしょう。石のない土ばかりの土地で、石を生み出し続けたそうです。帰ってきた時あまりに魔力量が少ないので、聞いたらそう答えていました」

「――――」

「私には石と土の違いは分かりませんが……不純物が多い鉱物は扱《あつか》えないとかなんとか」

「じゃあ、ゼルさんが捕らえられたのは……」

「動きが悪かったゼル様が悪い。自業自得《じごう》です。……ですから、ご自身を責めないように」

「――――」

再び泣きそうになるが、唇《くちびる》を噛《か》んでこらえた。これだけ一緒《いっしょ》にいれば、今のメノウが何を考えそうかもヴィヴィには分かるのだろう。彼の消耗《しょうもう》に気づかず、彼を連れていったメノウのミスだ。しかし、自分を責める言葉を口にしたところで、彼女になぐさめる手間をかけさせるだけだ。

メノウは黙《だま》ってヴィヴィと共に歩き続け、深夜になる頃《ころ》にベルストについた。

二人が屋敷へ戻《もど》ると、ババロアはメノウの帰りを知って目を覚ましたらしい。玄関《げんかん》口へ現れ、ヴィヴィからの報告を黙って最後まで聞くと、重い表情で言った。

「ヴィヴィ、応援《おうえん》を呼んでくれ。ディースやファーガスあたりを呼べば、なんとかなるだろう」

今からヴィシュタントへ応援を呼ぶということは、どんな魔術を使って駆けつけようとも、ゼルの救出までに三日はかかるだろう。

「その間に、ゼルさんは殺されるんじゃ……それより先に、魅了《みりょう》にかけられるかも」

「せっかく上級魔族を無傷で捕らえたんだ。殺す前に、魔力を吸い取ろうとするだろう。魅了にかけることに成功すれば、なおさらだ。そうそう殺そうとはしない」

「…………ごめんなさい。お父さん。私が深く考えもせずゼルさんとヴィヴィさんを連れて行ったから……ラディムさんたちまで殺されて……」

しかし、深夜だというのに外から物音がした。足音と、屋敷の門が開く音。

(誰《だれ》……？)

屋敷の者は皆寝《みなね》ている。ヴィヴィが玄関の扉《とびら》を開けると、二人の男が現れた。

「……メノウ。良かった、無事だったんだね」

「――ラディムさん！」

彼の後ろには、側近のアルトもいる。彼らは谷底へ落とされ、兵器により跡形《あとかた》もなくなったのではなかったか。

「……君の従者に助けられたよ。ゼル・キルフォードはいないの？」

「――ゼルさんは、私を助けるために、ロザリアに捕らわれました」

「………ごめん、僕のせいだね」

ラディムが暗い顔を見せる。それは、メノウを通し彼を連れていったからという意味には聞こえなかった。

「どういうことですか？」

「谷底へ落とされた時、切り立った岩にひっかかって下に落ちずにすんだ。偶然《ぐうぜん》かと思ったけど、僕の部下も処刑《しょけい》されようとした兵たちも、全員が同じ状況《じょうきょう》だった。あれは鉱物を操るゼルがやったんだろう。おかげで、集まってきた魔物《まもの》に襲《おそ》われることもなく、呪具を駆使《くし》して逃げ出すことができたんだ。何人か逃げ遅《おく》れた部下がかすりそうになった砲撃《ほうげき》も、なぜか彼らには届かず……今思えば、あれもゼルのおかげだったんだろうね。なのに、僕は君たちを残して逃げてきた……本当にごめん」

「――――」

砲撃の後、ゼルは膝《ひざ》をついていた。あの時、いや、あの前も、密《ひそ》かに魔術《まじゅつ》を使い、人間を逃がしたというのか。

（まさか、私のため――……）

彼らが傷つけば深くメノウが傷つくのだと、ゼルは分かっていたのだ。だから、自身の魔力の消耗も厭《いと》わず、彼らを救った。

　ヴィヴィが息を吐《は》いた。

「なるほど……一定の距離《きょり》をあけた場所からなら魔術は使えるって、それでメノウ様を助けろって言われたんですけど……実践《じっせん》済みだったってことですね」

　ロザリアの呪具から一定以上離《はな》れた場所で、すでに魔術を使っていたということらしい。メノウの願いのすべてを叶《かな》えるために。

（だけど……それでゼルさんが連れ去られることなんて、私は望んでない）

　唇を強く噛みすぎたのか、血の味がする。

「……メノウ、今日はひとまず寝なさい。体力を回復させてから、ゆっくり考えよう。我がヴィシュタント序列二位のゼルは、そう簡単には死なない」

「……」

「私の魔力《まりょく》も動けるほどには回復している。彼を殺させはしないよ」

　そうは言うが、ババロアはついさっきまで眠《ねむ》っていたくらいなのだ。魔力も体力もそんなには回復していないだろう。しかし不安を訴《うった》えたところで、どうにかなるものでもない。

　メノウは涙をこらえ、うなずいた。

ゼルは気絶させられた後、魔王《まおう》が拘束《こうそく》されていた椅子《いす》と同じような椅子に座らされ、城の一室に閉じ込められた。死の谷から数刻で連れてこられる場所であれば、王都ではないだろう。おそらくは、ドレスガルトあたりか。広い闘技場《とうぎ》のある街だ。人間同士だけではなく、最近では人間と魔物も争わせているのだとヴィヴィから聞いた。

魔王の力が込められた拘束具をずいぶんと信頼《しんらい》しているらしく、ゼルは一人で放置されていたが、やがて扉が開いて光が差し込むと、ロザリアとその側近二人が入ってきた。

「ついに……ついに手に入れた」

ロザリアの真っ赤な唇が半月に歪《ゆが》む。

「あの序列二位のゼルを……これで世界のすべては私のものだわ！」

彼女はゼルに近づき、顔をなでた。生暖かい手が不快だ。

「ねえ……私の奴隷《どれい》となりなさい？」

「断る」

「……」

ゼルから離れ、後ろの兵を振《ふ》り返る。

「ねえ、ちゃんと最新の魔王の呪具をはめてるのよね？」

「そのはずです。魔力抵抗《ていこう》すら抑《おさ》えられているはずですが」

「……なんでなのかしら」

腰《こし》に手をあて、不思議そうにゼルを見下ろす。

「条件があるという話ではありませんでしたか？」

ずいぶんと信頼を置いている従者なのか、彼らはロザリアの魅了の力についても把握《はあく》しているようだ。魅了の存在を知っていながらも、彼女に従属することを選んだ者たちなのだろう。

メノウとこの女が同じ力を持つという事実が、ひどくゼルを苛立《いらだ》たせる。器《うつわ》はまるで違《ちが》うというのに。

「そうね。確か……好意か恐怖《きょうふ》を抱《いだ》かせるってやつでしょう？」

ロザリアが腕《うで》を組む。

「この私の美貌《びぼう》を見て、劣情《れつじょう》を掻《か》きたてられない男もいないと思うんだけど」

その言葉には、もはや怒《いか》りを通りこし呆《あき》れを覚え、ゼルは笑い出した。メノウと同じように、自分も魅了の力を使いこなせると思っているらしい。

「本気で言っているのか……？　お前のどこに魅力《みりょく》を感じればいい。見た目はもちろん、耳障《みみざわ》りな声もきつい匂《にお》いも、すべてが不快だ。……その香水《こうすい》で、なんの匂いを消してる？」

きつい匂いに紛《まぎ》れかすかに香《かお》るのは、血の匂いだろうか。

ロザリアの顔から表情が消え、ゼルの腕を爪《つめ》が食い込むほどに摑《つか》んだ。その手から電流が流れる。全身を走る不快な痛みに、ゼルは奥歯を嚙み締《し》めた。

「っ……」

「ねえゼル。魅了にかからなくても、魔力抵抗のないあんたなんていくらでも傷つけられるのよ？　口の利き方に気をつけなさいな」

深淵《しんえん》のような黒い瞳《ひとみ》に、激しい怒りが浮《う》かんでいる。

体に流された電流は止まり痛みは消えたが、本来ならすぐに回復するはずの体力が回復しない。乱れた息を殺しながら、腕を組んで立つロザリアを見上げる。

（今、呪具《じゅぐ》を使ったのか……？）

あれだけ腕に呪具をはめていたロザリアだ。そういう呪具があっても不思議はないが、今の彼女は呪具を見ることすらしなかったように思えた。位置も確認《かくにん》せず、どの呪具を使うかも彼女の意思次第《しだい》だというのか。

（それとも……）

一瞬《いっしゅん》、彼女の正体が魔族《まぞく》なのかと思いかけたが、違う。これがもともと持っている彼女の魔術だとすれば、少なくとも中級魔族以上だ。ババロアやゼルが存在を知らないはずがない。

ふと、さきほど嗅《か》いだ匂いを思い出した。香水でもかき消せないほどの血の香り。まるで、血でもすすっているかのような——。

（まさか、この女……）

答えにたどり着きそうなところに、ロザリアの耳障りな声が降ってきた。

「そうだ。恐怖で魅了《みりょう》にかかるっていうなら、こうやってあなたを痛めつけ続ければ、私の魅了にかかるのかしら。ねえ！」

「ぐっ……！」

魔力抵抗を抑えられた体は、やすやすと彼女の雷撃《らいげき》に痛めつけられる。汗《あせ》が頰《ほお》を滑《すべ》り落ちるが、このくらいのことは身を差し出すと決めた時に覚悟《かくご》している。確実にメノウを逃《に》がすための代償《だいしょう》としては安いくらいだ。

（どんな苦痛だろうと……それを与《あた》えられるのが、俺ならいい）

もしもメノウが捕《と》らえられ、同じ苦痛を受けていたらと思えば、今という状況《じょうきょう》が幸運にすら思える。

「なんで何も言わないの？　やせ我慢《がまん》はやめなさいよ。苦しいでしょう？　ほら、許しを乞《こ》いなさいよ。私のほうが綺麗《きれい》って言いなさいよ！　あの女より——メノウ・ヴィシュタントより、私のほうがずっとずっと綺麗だって！」

「——っ！」

全身を駆《か》け巡《めぐ》る不快感に奥歯を嚙《か》みしめる。これだけ魔力抵抗を抑えつけられれば電撃で死んでしまいそうなものなのに、死なせず痛めつける方法を知っているのだろう。

「ねえ……私のほうが、ずっとずっと綺麗でしょう？」

散々痛めつければ、恐怖で人を支配できると思っているらしい。息が乱れうつむいたままのゼルの顔を、勝利を確信した顔で覗《のぞ》き込んでくる。

「……視界に入るだけで、吐き気がする」

「――――！」

ロザリアの顔が憤怒《ふんぬ》に染まり、ゼルの首を片手で摑んだ。女の小さな手では締めつけるにいたらず、真っ赤な爪を喉元《のどもと》に突《つ》き立てる。

「また雷撃をくらいたいの？　ああ……あの女に言わされているのね？　あの女の魅了から解放してあげるから、言いなさいよ。私のほうが綺麗だって。あんな女よりずっとずっと！」

我を失ったかのように叫《さけ》ぶロザリアに、後ろで控《ひか》えていた側近が声をかけた。

「ロザリア様、魔力抵抗を抑えた状態であまり痛めつけては、魔力を吸い取る前に死んでしまうのでは」

「うるさいわね！　こいつは私の美貌をけなしたのよ!?　この私の！」

冷静さを欠いたロザリアを見れば、本当にこのままゼルを殺すのではないかと思われた。

（別に、それでもいい。人質《ひとじち》だのとくだらない利用のされ方をするよりは……）

彼女さえ逃がせればいいと、ゼルが目を伏《ふ》せた時だ。

「…………そうだわ」

それまでと打って変わった冷静な声音《こわね》に、嫌《いや》な予感がして目を開く。ロザリアが無邪気《むじゃき》な気味の悪い顔で笑っていた。

「そうよ。なぜかあの女の魅了にかかってるみたいだし、あの女を先に殺せばいいんだわ」

「――――」

「あなたを処刑《しょけい》するって大々的に宣言すれば、来そうな気がするし……ああ、そうだ。ちょうどここの闘技場《とうぎ》を使えば、観客もたくさん用意できて……その中であの女をなぶり殺すなんて素敵《すてき》！」

「はっ……何かと思えば、くだらない。俺の処刑を宣言したところで、あの方は現れない」

そうだ。平和をなにより好み、魔物《まもの》を見ただけで震《ふる》え上がる、とても臆病《おくびょう》な少女だ。今回は彼女が好感を抱く人間が関《かか》わったから無理をしただけだ。ゼル一人なら捨て置くはず。

（なのに、どうして――）

彼女が自分を見捨てる未来がどうしても想像できない。誰《だれ》より臆病でいながら、誰より心優《やさ》しい少女。ガラス細工のようにもろくて、澄《す》んでいて、それでいてときおり高貴な覚悟とまなざしを見せる。だからこそ、こちらの予想に反して無茶《むちゃ》ばかりする。

「現れないかどうか、試《ため》してみないと。少なくともヴィヴィティアあたりは来るかしら？

ああ……楽しみね」

「やめろ……やめろ！」

声を荒《あら》らげればつけあがらせるだけだと分かってはいたが、メノウの死を近くに感じれば、黙《だま》っていることはできなかった。

「そんなことは無意味だ！　お前の目的は俺だろう？　俺がお前に従えば気が済むのか？」

「あら。従う相手をお前とは呼ばないわ。ロザリア様、私を従者としてくださいと、それくらいは言ってくれないと。その上で、さっきの言葉も訂正《ていせい》してもらわないとね。私が世界で一番美しいって。メノウ・ヴィシュタントよりもずっとずっと美しいって。後は靴《くつ》でも舐《な》めれば、さっきの暴言は許してあげる」

「…………従えば、メノウ様を見逃《みのが》してくれるのか」

「ふふっ、もちろん――そんなわけないじゃない」

絶望にゼルが目を見開けば、ロザリアが天井《てんじょう》を仰《あお》ぎ腹を抱《かか》えて笑う。

彼女が本気だと分かって、ゼルは怒鳴《どな》った。

「――――ふざけるな！　なんで――俺が目的じゃないのか！」

「あはは！　だからこそあなたが従うメノウを殺すのよ。それでも私の魅了にかからないなら、あなたも殺してあげる」

「どうせ俺を殺すなら今殺せばいいだろう！　俺の処刑を宣言したって、あの方は来ない」

「ならなんでそんなにムキになるの？」

「────」

「傷ついた赤鳥一羽《わ》見捨てられない女だもの。私は来ると思うわ」

その言葉を最後に、ロザリアが身を返す。

「──やめろ！　あの方には手を出すな！　手を出すなら殺してやる！　──殺してやる！」

これまで出したことのない大声で叫び暴れるが、枷《かせ》の一つも外れない。

「やめろ────！」

ロザリアが出ていってからもしばらくゼルは叫び続けたが、やがて喉《のど》が嗄《か》れ、声も出なくなると、うつむき荒い呼吸を繰《く》り返した。

（メノウ様……）

最後にゼルが見た、必死に叫ぶ彼女の姿を思い出す。今は囚《とら》われたゼルを思い泣いているだろうか。それとも、あの人間の生存を知り、喜んでいるだろうか。

目を伏せれば、ケーキを食べる時の、幸せそうな彼女の顔が瞼《まぶた》の裏に浮《う》かぶ。ゼルが近づきすぎれば慌《あわ》て、拒絶《きょぜつ》しようとするけれど拒絶しきれず、顔を赤らめ困ったような顔をする。

（メノウ……）

自分など見捨ててほしい。そう思う一方で、たまらなく彼女に焦《こ》がれる。

（彼女との時を、もっと紡《つむ》げたら――）

彼女の唯一《ゆいいつ》の男になりたいとは思っていない。それでも、唯一心を許す従者くらいにはなれたら、そう思っていた。臆病な彼女は、目上の魔族《まぞく》に心を許すことはきっとしない。しかし、彼女につき従う従者なら、彼女を守る存在なら、いずれ心を許してくれるかもしれないと思った。だから彼女に仕えたかったし、序列も入れ替《か》えてしまいたかった。

もしも願いが叶《かな》い従者になれた後は、彼女が他《ほか》の魔族を決して必要としないよう、いつまでも彼女の望みを叶え続けたかった。なのに――。

（ここで……終わるのか）

自分が死ぬことなど、以前はまったく想像ができなかった。そして、それを心から恐《おそ》れる自分も。

（それでも……メノウが傷つけられ、この世から消えるよりはマシだ。だからどうか……逃《に》げてくれ）

想像ができなくても、彼女が現れないことに賭《か》けるしかなかった。頼《たの》みの綱《つな》のババロアは、いまだに衰弱《すいじゃく》から回復していない。ババロアの抑制《よくせい》の力がすべてロザリアに渡《わた》り、他の魔族の力も兵器として奪《うば》われている。この状況で、ロザリアを抑《おさ》えることなど不可能だ。

（頼むから……メノウ……逃げて、生きてくれ）

ゼルがさらわれ、眠《ねむ》れるはずもないと思っていたが、昨夜は泣き疲《つか》れて眠っていたらしい。早朝に食堂へ顔を出すと、すでにババロアとヴィヴィの姿があった。

昨夜よりも暗い彼らの表情を見れば、また良くない話があったのではないかと不安になる。

「メノウ、お前はこれから、ヴィヴィと共にヴィシュタントへ帰れ」

「え……どうして？」

「私はゼルの救出へ行く」

「なんで……昨日と言ってることが……何かあったの？」

視線をヴィヴィに向けると、彼女は顔を歪《ゆが》めてうつむいた。

「ドレスガルトでゼル様が処刑されるそうです。……本来であれば、魔力《まりょく》を吸い取るのに生かしておきそうなところ。おそらくは私たちをおびき出すための罠《わな》でしょう」

「――――」

「状況《じょうきょう》は変わった。私が行く。お前はヴィシュタントへ戻《もど》って私の帰りを待て」

「帰りを待つ……？　それなら、ここで待つのと変わらない。なのにヴィシュタントに戻れなんて……お父さんは、勝機がないと思ってるんだね」

ババロアが沈黙《ちんもく》した。ヴィヴィが「賢《かしこ》くなりすぎるのも困りものですね」と軽口を叩《たた》く。

「しかし、私は部下を見捨てられない。あれだけ私に尽《つ》くしてくれた男だ。心がない中でも、私の頼みを聞いてお前を守り続けてくれた」

「……ゼルさんは、心がないことなんてなかったよ」

メノウの言葉に、ババロアは小さく目を見開いた。メノウはゆっくりと目を伏《ふ》せる。

自分の望みは、今ははっきりと分かる。だからこそ、覚悟《かくご》もある。自分がほしいものを手に入れるために、自分はなんだってできる。それでも自分が弱くできることが限られているというなら、頭を使うだけだ。

メノウは目を開いてヴィヴィを見た。

「ヴィヴィ。必ず無事に帰すとは約束できませんが、一緒《いっしょ》に来てくれませんか？」

ヴィヴィが目を見開き、苦笑《くしょう》した。

「敬語ももう不要ですよ」

メノウは小さくうなずく。

ババロアの顔が不安そうに陰《かげ》った。

「メノウ……まさか、お前が行くつもりか？」

ババロアの言葉に返事をする前に、ノックの音がして、ラディムとアルトが現れた。彼らも昨日は、この屋敷《やしき》の客間で休んでいたのだ。

「ラディムさん、アルトさん」

「話は部下から聞いてる。助けに行くの？」

「はい」

「そうか」

メノウは少しの間、悩《なや》みうつむいていたが、やがてラディムに向き直った。

「あの……ラディムさん。おそらく、処刑《しょけい》の場にはロザリアがいるでしょうし、そうなれば国王も同席するかと思われます。その……状況によっては……」

ロザリアが国王を盾《たて》にすることも十分考えられる。そもそも、戦場と化した場所にいて、巻き込まれない保証などない。

ラディムのやわらかい表情が硬《かた》くなる。

「……立派な兄だったんだ。ずっと、自分にも他人にも厳しく、それでいながら、誰《だれ》より他人のことを気にかける。僕のことだって、ずっと気にかけてくれていた。それが……あの女が現れて、すべてが壊《こわ》された。大切にしていた友人も部下も、すべてを自分の手で壊して――そのせいか、口数も減り、感情もほとんど見せなくなって……」

拳《こぶし》を握《にぎ》り、目を伏せる。やがて覚悟を決めたように目を開き、メノウを見つめた。

「僕からお願いする。もしもの時は、国王を討《う》ってほしい。ずっと、目を覚ましてほしいと願っていたけれど……もう兄は、許されないほどに悪行を積みすぎた」

「ラディムさん……」

彼の覚悟を受けて、メノウは「承知しました」と頭を下げた。メノウはいまだ、自分が人間であるという意識がある。たぶん人を殺すことはできない。だから国王を討つことはありえないだろうと思いつつも、最悪の場合を想定した彼の言葉を受けとめた。

それから顔を上げ、あらためてラディムを見つめる。

「あの、今度はお願いなんですけど……ゼルさんを助けるの、ラディムさんも協力してくださいませんか？　同行は頼みません。ただ、呪具《じゅぐ》を作ってほしくて」

メノウはババロアを振《ふ》り返る。

「お父さん、衰弱しているところ悪いんだけど……呪具を作るのに協力してくれない？」

覚悟を決めたメノウを見てババロアが思い悩むように黙《だま》ると、ヴィヴィが声をかけた。

「魔王《まおう》様、メノウ様はやけになっているのではないようですよ。あきらめていないのです」

「……だからこそ、今度こそ殺されるかもしれない」

昨日はゼルがいたからババロアは送り出してくれたのかもしれない。彼ならたとえ消耗《しょうもう》していても、確実にメノウを守ってくれると思っていたのだろう。

「お父さん。お願い。私はゼルさんを、助けたい」

「――」

「魔王様、私は今の魔王様が行かれるよりも、メノウ様が行かれるほうが勝機があると考えます」

ヴィヴィの言葉に、ババロアはため息をついた。

「……分かった。娘《むすめ》を信じよう。さっきの話だが、かまわないよ。私にできることならいくらでも協力しよう」

闘技場《とうぎじょう》と聞いて想像はしていたが、ずいぶん広い場所だ。ローマの円形闘技場くらいはあるのではないだろうか。人数も五、六万人くらい入りそうだ。ただし、今入っている人はそう多くはない。王都から率いてきた軍とこの街の衛兵を集めたのだろうが、おそらくは千もないだろう。紫《むらさき》のドレス姿で、遠くの木の上から処刑の準備が進められるのを眺《なが》めつつ、メノウは隣《となり》にいるヴィヴィに言った。

「目的はゼルさんの奪還《だっかん》です。敵を討つことではありません。彼さえ取り戻せれば、すぐにあの場から離脱《りだつ》します」

作戦を伝えた際にも口にした言葉を、繰《く》り返しヴィヴィに伝える。

ラディムたちから呪具の支援《しえん》はもらったが、乗り込むのは二人だけだ。人間を連れていけば連れていくだけ、守るべきものが多くなり身動きが取れなくなるからだ。

（ゼルさんを助けたい——だけど、人も傷つけたくはない）

欲張《よくば》りだとは思うけれど、それが最終的にメノウが抱《いだ》いた気持ちだった。それに見合うだけの動きはするつもりだ。

ヴィヴィの手にはゼルの残した剣《けん》があった。彼女が使うわけではないが、メノウが持ってくるようお願いしたのだ。

「敬語、まだ外れませんね」

ヴィヴィの言葉に、メノウは目を丸くしてから笑った。

「この状況で言うことはそれ？　……まだ慣れないの。多少は許してください」

やがて、ヴィヴィの氷の魔術《まじゅつ》を使い、逃《に》げる時と同様、滑《すべ》るようにして闘技場の中に飛び込んだ。奥の観客席には国王とロザリアが。その前に彼女たちを守るように兵が整列している。そして手前の闘技場中央には、断首刑《ざんしゅけい》をするための断頭台があった。すでに首を処刑台に乗せられたゼルが、メノウを見て叫《さけ》ぶ。

「メノウ様——いけません！　お逃げください！」

彼の様子を見れば、ロザリアの魅了《みりょう》にかかっていないことは一目瞭然《いちもくりょうぜん》だった。メノウは彼の様子を見てほっとする。彼が敵に回ることよりも、彼女に陶酔《とうすい》する目を見ることが怖《こわ》かった。

ゼルの悲痛な声を聞いて、ロザリアが腹を抱《かか》えて笑った。

「あはははは！　本当に来た！　どこまで愚《おろ》かなのかしら……この私の前で、あなたみたいな魔族《まぞく》が何もできるわけないのに！」

ロザリアが右手を突《つ》き出すと、雷撃《らいげき》がほとばしる。

「ヴィヴィ！」

メノウの叫びに応じて氷の盾が出現し、雷撃すべてを防ぐ。そしてヴィヴィはさらに、ロザリアが抑制《よくせい》の呪具を使う前にと、断頭台の斧《おの》をも氷漬《こおりづ》けにした。

「ヴィヴィティアか……うっとうしい」

ロザリアは舌打ちすると、フィリップにすがりつく。

「フィリップ様……どうか、ロザリアを助けてくださいな」

「……………彼女たちを捕《と》らえろ」

彼女に操《あやつ》られるようにフィリップが口を開き、兵たちが動いた。実際にはロザリアの魅了で動いている兵たちだろう。

彼らを傷つけることをためらい、ヴィヴィが一歩後ずさる。彼女だって人間と友好関係を保とうとする魔王派なのだ。できれば人間を傷つけたくはないだろう。彼らを盾にされれば動きが鈍《にぶ》くなる。

しかし、メノウは逆に前へと踏《ふ》み出し、彼らを見すえた。

「貴様らの主《あるじ》は誰だ？」

風によってドレスが翻《ひるがえ》り、メノウの存在を大きく見せる。

(ここで彼女の魅了に押し負ければ……人を傷つけざるを得なくなる)

正念場だ。必ず彼らを抑《おさ》え込むと、心に誓《ちか》う。

「答えろ……貴様らは誰に従っている！」

「あはは！　まさか魅了でやりあおうっていうの？　無駄《むだ》よ無駄！　この間証明済みじゃない。私の魅了のほうが上って――」

メノウは腕《うで》にはめていた抑制の呪具を腕から抜《ぬ》き、横へと投げ捨てた。カンカンと音をたて転がっていく。自分の中の魔力《まりょく》が膨《ふく》れ上がる感覚があった。

「私は魔王の娘、メノウ・ヴィシュタント。そこにいる女は、貴様らの仲間を次々に魔物《まもの》の餌《えさ》にする、人の心を持ち合わせない女だ。どちらに従うべきか――自分の頭で考えろ！」

感情が体をかけ巡《めぐ》り、目に力が集まる感覚がある。紫の瞳《ひとみ》が輝《かがや》いているのだと自分では気がつかないままに、メノウの目を見た兵が、次々と膝《ひざ》をついていく。ある者はメノウに向かい頭《こうべ》を垂れ、ある者は剣を杖《つえ》に立ち上がると、ロザリアに剣を向けた。

「なっ……ちょ、ちょっと！　あんたたちなんで！　どうしてよ！」

「分からないの？」

問いかけに反応したのはヴィヴィだ。

「魅了の威力は魅せる力に比例する。メノウ様のほうが、魅力《みりょく》が上。格が上。魔力さえ封じられていなければ、今のメノウ様があんたなんかに負けるわけない」

「――――」

ロザリアの顔が憤怒《ふんぬ》に染まり、声を荒《あら》らげた。

「あれを持ってきて！」

おそらく、兵器を使うつもりだろう。闘技場の入場口から、台車が運ばれてくる。しかし、兵器があっても使わせなければいいだけのこと。メノウがロザリアに向かい光の鎖《くさり》を放つと、それを見たロザリアが左腕を突き出した。

「私にはどんな魔術だって届かな……っ⁉」

メノウの腕には、魔力を抑制する呪具とは異なる呪具がつけられていた。ババロアの魔力を使って作らせた、光の鎖にかかる抑制の力のみを抑制する呪具。ラディムの配下にいた技術者に特急で作らせた、この世でただ一つの呪具だ。

「――っ！」

原理は分からなくとも、光の鎖を無力化することは不可能だと察したのだろう。

しかしロザリアは鎖を避《よ》け、あろうことか隣のフィリップを突き出した。光の鎖が彼を搦《から》め捕り、その先のロザリアの体をかするが、彼女を拘束《こうそく》するまでにはいたらなかった。

「ふふっ……残念でした。惜《お》しかったわね」

そしてロザリアが右手を突き出すと、メノウは急激な重さを感じ、地面に膝をついた。

（アーロンの呪具……！）

自分の体が鉛《なまり》のように重くなり、もはや立ち上がることすらできない。

「あれは国王を捕らえようとした逆賊《ぎゃくぞく》よ！　彼女を捕らえなさい！」

抑制の呪具でもつけているのか、メノウの魅了にかかっていないロザリア周辺の兵が動く。鎖はなんとかメノウの魔力で動くが、その鎖もやがて重力がかかり、動かなくなった。

「ふふ……あははは！　やっぱり私の勝ちね！　ゼルの前であなたを殺してあげる……あなたの死を見れば彼も目が覚めて、私の魅了にかかるに違《ちが》いないわ」

「メノウ様！」

ゼルの声が聞こえる。

メノウは地面に手をつき、ぐぐっと体を持ち上げた。自分にも魔力抵抗《まりょくていこう》があるなら、この重力を撥《は》ねつけられないだろうか。

（少しでいいから……お願い）

魔力抵抗か腕力《わんりょく》か、もうなんでもいいからと無理やりに体を持ち上げると、メノウは鎖で回収した鍵《かぎ》を後ろのヴィヴィに投げた。

「！」

ロザリアが目を見開き、慌《あわ》てて自分の服の中を探《さぐ》る。後生大事にしていた鍵を奪《うば》われたことに気づいたのだろう。ババロアを捕らえた時も自ら鍵を持ち歩いていたと聞いていたから、ゼルの鍵は必ず彼女が持っていると思っていた。

「お前……お前ええええぇぇぇ！」

ヴィヴィは鍵を手にすると、氷を操り氷上を滑るようにしてゼルのもとに着地した。しかし、ロザリアがさせないとばかりにヴィヴィに右手を突き出す。

「くっ……」

ヴィヴィが膝を折る。ゼルの剣を杖に、もう一方の鍵を持った手を震《ふる》わせながら持ち上げるが、枷《かせ》まで届かない。

「ゼルさんは絶対に……返してもらう！」

メノウは叫ぶと、光の鎖を放つ。ロザリアは後ろに避けたと思うと、用意された兵器に手をあてた。

「！」

「お前だけは――お前だけは許さない！　この私を馬鹿《ばか》にして――――！」

激昂《げっこう》したロザリアが、メノウに兵器を向ける。

「――――」

虹色《にじいろ》の光が集まっていく。それは死の谷の時よりも速いように見えた。完成度が上がったのだろうか。撃《う》たれる前にと、メノウは光の鎖を闘技《とうぎ》場の席や壁《かべ》に引っかけ、振《ふ》り子の要領で自分の体を移動させるが、あの砲撃《ほうげき》の範囲《はんい》から逃《のが》れることはできないだろう。

（せめて……ゼルさんとヴィヴィを巻き込まないように）

ここにいる兵すべては守れない。それでも、なるべく被害《ひがい》はないように。

（ああ……でも、私はもう……）

生きられない。ようやく、自分の本当の望みが分かったのに。

（お父さん……ヴィヴィ、ゼルさん……）

ロザリアが悪魔《あくま》のような笑《え》みを浮《う》かべた。虹色の光が、放たれる直前のように収束する。

しかしその光が砲撃として放たれる前に、ロザリアの目が驚愕《きょうがく》に見開かれた。

（え……？）

光共々、兵器が上から下まで、綺麗《きれい》に両断される。

「――――」

真っ二つにされた兵器の前に佇《たたず》むのは、銀髪《ぎんぱつ》の青年だ。

「ゼル……さん……？」

メノウを振り返り、青い瞳でこちらを見つめる。いつか魔物からメノウを庇《かば》った時と同じ、どこか余裕《よゆう》にも見える表情。しかしあの時とは違い、メノウと目が合うと、小さくだが幸せそうにほほ笑んだ。

ヴィヴィは断頭台の横で膝に両手をつき、なんとか間に合ったとばかりに肩《かた》で息をしている。

「――なんで……なんで！」

ロザリアが頭を抱《かか》え叫《さけ》ぶ。もはや冷静さを失い呪具《じゅぐ》すら扱《あつか》えなくなったのだろう。ヴィヴィがロザリアを睨《にら》むと、彼女の腰《こし》から下までが氷漬《こおりづ》けになり、絶叫《ぜっきょう》した。

「ああ……ああああああああ！」

悲鳴をあげる彼女の背から、赤い翼《つばさ》が広がった。

「え……」

顔から、首から、赤い羽が生えていく。隣《となり》にいたフィリップが、呆然《ぼうぜん》と変わりゆく彼女の様を見ていた。

「お前ら……お前らあああああああああ！　殺してやる！　殺してやる――！」

（まさか赤鳥？　……でもなくて）

「まさか、魔物だったとは……道理で話の通じない」

ヴィヴィがつぶやき、嫌悪感《けんおかん》もあらわに後ずさる。周囲が驚《おどろ》きざわつく中、ゼルだけは表情を変えていなかった。もしかすると、連れ去られ彼女のそばにいた彼は、彼女の正体に気づいていたのかもしれない。

「魔物だからなんだ！　私が誰《だれ》より美しく、賢《かしこ》く、誰より気高い！　その証拠《しょうこ》に私の美貌《びぼう》で国一つが思うままだ。貴様ら魔族《まぞく》より人間より、私がこの世で最も上に立つにふさわしい……」

彼女の言葉は、最後まで紡《つむ》がれることはなかった。

彼女の胸から、剣先《けんさき》が突《つ》き出ている。

「あ…………？」

剣を持っているのは、フィリップだった。血が溢《あふ》れ出て、彼女の服を汚《よご》していく。

「フィリップ国王……」

メノウが呆然とつぶやけば、彼がゆっくりとこちらを見た。

まだうつろなまなざしではあったが、以前に彼の感情を感じられそうだと思ったのは、間違《まちが》いではなかったようだ。彼の抱《いだ》く、絶望と悲しみを感じる。

「……メノウ・ヴィシュタント」

「――」

「レアンドロに……謝りたい。彼と同じ場所に、埋《う》めてくれ」

彼の言うことをすべては理解しないままに、メノウは慌てて答える。

「あなたの弟君なら、生きています」

フィリップはわずかに目を見開くと、弱々しくほほ笑んだ。

「そうか……では、彼に、すまなかったと……伝えてくれ」

フィリップは剣の持ち手を返し、自分へと向ける。

「！」

止める暇《ひま》もなく、彼の剣が自身を貫《つらぬ》いた。

終章――メノウの選択

ロザリアの死後、彼女は魔術《まじゅつ》を使い国を混乱に陥《おとしい》れた逆賊《ぎゃくぞく》として扱われたが、フィリップは魅了《みりょう》にかかりながらも、最終的には彼女を葬《ほうむ》った賢王として国葬《こくそう》が行われた。ババロアが式に出ると言ったのでメノウも同席したが、本来のフィリップは人望があったのだと十分に分かる豪華《ごうか》な式だった。

そして、まだ子を授《さず》かっていなかったフィリップの跡《あと》は、ラディム――本名レアンドロが継《つ》いだ。戴冠式《たいかんしき》はまだだが、フィリップ亡《な》き今、すでにレアンドロが国王だ。本人はフィリップに比べ見劣《みおと》りするという自己評価だったが、ロザリアの魅了にかからず、国の傾《かたむ》きを最小限にしようと動いてきた彼を、臣下たちは認めているようだ。

「やっぱり……式には出てくれない？」

レアンドロに問いかけられながら、メノウはうなずいた。

リーヴァロバーの王都にて。きらびやかな城でごちそうをいただいた後、彼の戴冠式を待たずにヴィシュタントへ戻《もど》るというメノウたちに、彼は名残惜《なごりお》しそうに問いかけた。

「あんまりもたもたしていると、他《ほか》の魔族が勝手に動き出しそうで、怖《こわ》くて」

他の魔族から後ろ指をさされることを覚悟《かくご》の上で、メノゥは自分の魅了の力が原因の一《いっ》端《たん》だったのだと、上級魔族へ伝えることにした。そうでなければ、多くの魔族が殺されたというのに、彼らが人間を許すことはできないと思ったのだ。

ババロアとゼル、ヴィヴィとメノゥの四人で話し、その内容をヴィヴィが手紙で伝えているはずだが、それでも、あの好戦的なディースや、目の前しか見えていないフィーナ姉妹を放《ほう》っておくのは怖い。おそらく、ババロアが城に戻りさえすれば、彼らを抑《おさ》えることはできるのだろうが。

(私が戻る意味は……よく分からないけど)

もともとの目的は一人保養地で過ごすことだったが、今は、今後の自分がどうしたいか、どうすべきかがまだよく分からない。答えは出ている気がするのだが、心を決められないのは、いまだ直らない臆病《おくびょう》のせいだろうか。

ロザリアと対峙《たいじ》した時はあれだけの覚悟があったというのに、感情が落ち着いた今では、まるで進路を決める前の学生のように、漠然《ばくぜん》とした不安が胸を占《し》めている。

十人以上の大家族でも夕食が食べられそうなテーブルについているのは、礼服を着たレアンドロと、ババロア、そしてメノゥとゼルとヴィヴィだ。

もうすっかりお腹《なか》は膨《ふく》らんだが、まだデザートが残っていたようで、メイドたちが給仕《きゅうじ》をしてくれる。目の前に置かれたデザートに、思わずメノゥは顔をほころばせた。

レアンドロはそんなメノウを見てほほ笑むと、急に真剣《しんけん》な顔になり、ババロアに窺《うかが》うように視線を向けた。

「今後のことですが、あなたがお戻りになれば、他の魔族は落ち着くのでしょうか。戦争などに発展しないかが気がかりです」

「まあ、うるさいのはいるがな。私とゼルが戻れば黙《だま》らせられる」

「ありがとうございます。そうおっしゃっていただけるのなら、心強い限りです。しかし……今回の出来事は、両国間の信頼《しんらい》関係に大きなヒビを入れるものだったと思っております。他にも結束を強化する施策《しさく》がとれたらと考えておりますが、たとえばの話、私と魔族が婚姻《こんいん》を結べばどうでしょうか？　過去に魔族の正妃《せいひ》という例はありませんが、側室はありますし、もちろん私はメノウが来てくれるのであれば、正妃として――」

――シュッ
なにやら空気を切る音が目の前から聞こえると、ゴン、とテーブルに氷の塊《かたまり》が落ちた。その氷が包んでいるのはナイフだ。

「ゼル様、せっかく場がおさまりましたのに、ここで戦争の火種をまかないでくださいな」

「寝言《ねごと》を言う男の目を覚まそうとしただけだ」

（こ……怖い……）

メノウ以外の人物へとるゼルの態度は以前のままだ。結局、彼はメノウの理想とやらを実現することはできずにいるらしい。特に、レアンドロに関しては。

「寝言ってひどいね……本気なんだけど。ババロア様、ご令嬢《れいじょう》の相手に人間は認められませんか？」

「それは……寿命《じゅみょう》も違《ちが》うからな。娘《むすめ》が悲しむことはさせられない。もちろん、本人同士の意志が固ければ、私は娘の意志を尊重するが」

ババロアの言葉に、レアンドロは目を輝《かがや》かせメノウを見る。

「え、えっと……もちろんレアンドロ様のことは素敵《すてき》な方だとは思っています。ただ、まだお会いしたばかりなので、ちょっと……」

「それなら、これから会う機会を持とうか。君のためであればいくらでも都合を……」

再びゴトリと氷の塊が落ちる。今度はフォークが包まれていた。

「……」

「……」

あまりの恐怖《きょうふ》に沈黙《ちんもく》するメノウだが、レアンドロが沈黙したのは恐怖のためではなく邪魔《じゃま》をされたからのようだ。不快そうなまなざしをゼルに向ける。

「君はなにかな。彼女の恋人《こいびと》なの？」

何者かと聞かれゼルが沈黙するのは、いまだメノウが従者になることを許していないからだろう。しかし、ケーキで頰《ほお》を膨らませていたヴィヴィが、思い出したように言った。

「そういえばメノウ様、ゼル様がさらわれた時、許すってめちゃくちゃ叫《さけ》んでましたよね」

「！」

「え……？」

ゼルが目を見開きヴィヴィを見る。

「確か、従者になるのを……」

「わ――――！」

大声で叫んでヴィヴィを黙らせる。周囲にいるメイドの何人かが顔をしかめた気がするが、確かに城の食堂で出す音量ではなかった。

「メノウ様……？　本当ですか？」

「いいえ、本当ではありません！　もう……ヴィヴィ！　ゼルさんの前でふざけないでよ。もう余計なこと言うの禁止ね、禁止！」

メノウの言葉に、ヴィヴィはあのかわいい笑顔《えがお》で笑う。

ようやく場が落ち着きを取り戻したかと思ったのだが、ゼルがものすごく不服そうにメノウを見ていた。

「？　ゼルさん？」

「…………いつの間に、ヴィヴィとそんな仲に？」

「え？」

「ずいぶんくだけた態度ですね」

「ああ……」

ヴィヴィと呼び捨て、敬語も使っていない。そのことを言っているのだろう。

ヴィヴィがニヤッとゼルを見た。

「うらやましいですか？」

「……」

「残念でしたね。今のところ、メノウ様が一番心を許している魔族《まぞく》は私になります」

その瞬間《しゅんかん》、ゼルがフォークをケーキに突《つ》き立て、皿が割れた。

彼が持つ果てしない優《やさ》しさは、やはり以前と変わらず、メノウただ一人に向けられているようだった。


ヴィシュタントへ移動するまでの馬車は、レアンドロが用意してくれた。ありがたいことに宿も彼が手配してくれていて、街へ寄るたびに高級な宿へ案内されるという日々が続いた。

この日も例にもれずごちそうをいただいた後のこと。食後のハーブティーを飲んでいると、唐突《とうとつ》にババロアが言った。

「ゼル。お前、メノウに嘘《うそ》をついているだろう」

めずらしく機嫌《きげん》の悪そうなババロアが、ゼルに視線を向けている。

言われたゼルのほうは無表情だが、メノウとヴィヴィはそろってゼルを見た。

「お前、メノウの頼《たの》みを無視して一人捕《つか》まったらしいな。普通《ふつう》、魅了《みりょう》にかかっている者はメノウの懇願《こんがん》を無視できない」

「――――」

メノウは絶句し、ヴィヴィはなぜだか納得《なっとく》した顔をしている。ババロアが不機嫌な顔をしているのは、以前に魅了をとく方法をメノウに話してしまったからだろうか。

「え……？　え……？」

「私がメノウ様に虚言《きょげん》を申し上げたことはございません。一度も魅了にかかっていると口にしたことはございませんし……そもそも、最初は間違《まちが》いなく魅了にかかっておりました」

「ちょ、ちょっと待ってください。それ……今は、魅了にかかってないみたいに聞こえるんですけど」

メノウの視線から逃《に》げるようにゼルが横を向く。

「……私、席を外します」

なぜだか気を遣《つか》ってヴィヴィが席を立つ。

「ほら、魔王《まおう》様も！」

「ヴィヴィ……虚言で娘の唇《くちびる》を奪《うば》われた親の気持ちが分かるか？　あの時は渋々《しぶしぶ》、メノウの願いだからと……」

「魔王様、子育ての経験について私の右に出る者はいません。年頃《としごろ》の娘の恋愛《れんあい》事情に口をはさめば、永遠に根に持たれますよ。ほら、席を外す！」

辛口《からくち》ヴィヴィはババロアに対してもせっつくと、いまだぶつぶつ言う彼を連れて部屋を出て行った。

「……………」

残されたメノウは、呆然《ぼうぜん》とゼルを見つめたまま。彼が観念したように目を伏《ふ》せた。

「申し訳ございません……その、自分でも確信が持てなかったのです」

「確信……？」

彼が片手をテーブルにつき、隣《となり》に座るメノウに向き直った。

「……もともと、私が魔王様に従っていた理由をご存じでしょうか」

「聞いたことがあります。おもしろいものを見せてやるって言われたからですよね？」

「はい。私にはもともと感情がありませんでしたので、魔王はそれを変えてくださろうとした。彼は私に感情を得るための様々な体験をさせてくださいました。元はあなたに会わせたのも、魅了にかかれば感情を得られると思ったため……ですが、私は昔のあなたにお会いしても、魅了にかかることはなかった」

それはそうだ。上級魔族。それにあの生ゴミを見る目には自分に群がる女に対する嫌悪《けんお》があった。

「なのに……なぜなのでしょうね。目覚めた後のメノウ様を見て、この方なら魅了にかかれるかもしれないと……そう思い、魔力抵抗《まりょくていこう》を抑《おさ》えたのです」

「えっと……つまり、わざと魅了にかかろうとしたと？」

ずいぶん短い時間の判断だ。あの時はただ、メノウは震《ふる》え、男たちを逃がしただけ。ゼルがメノウに恐怖を抱《いだ》くはずはないから、あの時に好意を抱く可能性を見いだし、その直感に賭《か》けたというのか。

「はい。そして、狙《ねら》いどおり魅了にかかりました。それからはもう、理想郷のようでした。あなたのそばにいるだけですべては満たされるし、ヴィヴィと話をするのも、あなたの話題であれば楽しく思えた。何も思わなかった食事や読書も、あなたであればどう反応するかを考えれば、すべてが興味深くて……」

愛《いと》おしそうにゼルがメノウを見つめる。彼の言葉に嘘は感じられず、それが本当なら今も魅了にかかっているように思えた。

それでも何を思い出してか、過去を語る彼の表情が陰《かげ》る。

「けれどあの王弟が現れ、たやすくあなたの笑顔をさらった時、私はこれ以上の感情を抱けるかというくらいにあの男を妬《ねた》み、人間を恨《うら》み、世界を憎《にく》みました。あなたと自分以外の何もかもが消え去ればいいと……そう考えた時、このまま魅了にかかっていれば、私はあなたを手に入れようとし、あなたを壊《こわ》すだろうと……そう思ったのです」

「――――」

メノウもあの時の言葉を覚えている。しかしあの時ゼルは、最終的にさみしそうな笑顔をメノウへ向けると、離《はな》れていった。

「もしかして、あの時に魅了がとけたんですか……？」

ゼルはあの時と同じように、さみしそうにほほ笑んだ。

「はい。魔力抵抗を引き上げ、魅了の魔術《まじゅつ》を振《ふ》り払《はら》いました。なのに……なぜでしょうね。それでも、この世界で唯一《ゆいいつ》私の心を動かすのはあなた以外にはなかった。この世界と私をつなぐ鍵《かぎ》は、あなただけ。そのあなたがこの世界から消えるかもしれない。そう思った時、魅了にかかった時と同じほどに……いいえ、それ以上に、あなたを求めました」

「――――」

つまり、魅了をとこうとした時にはとっくにとけていたことになる。

（そういえば、途中《とちゅう》避《さ》けられてたから分からなかったけど……目覚めてすぐの時と最近とじゃ、ゼルさんの態度が違《ちが》った気がする……）

最初は絶対服従の様子だったのに、最近では口説かれているというか、隙《すき》あらば迫《せま》られていたというか。あれは調子に乗ったとかではなく、魅了がとけていたための変化だったのか。

「その、ですが、魅了のない状態でも心が動く自分が信じられず……本当に魅了がとけているのか、確信が持てなかったのです」

「で、でも、あれだけ私が不安がっていたのに、少しくらい教えてくれても……」

「仮に、もしもあの場で私が魅了はとけているとお伝えしたとして、メノウ様に信じていただけたでしょうか」

確かに臆病《おくびょう》なメノウは、ゼルがメノウを気遣《きづか》ってそう言っているだけではないか、拒絶《きょぜつ》されないよう嘘を言っているのではないかと、そう不安がっただろう。

(なんだか、全部を口にしてるわけじゃなさそうだけど……)

なんとなく、彼の心はそれだけではない気がする。

(だけど……そっか。魅了、とけてたんだ……)

今の彼が口にする言葉は彼自身の言葉なのだという安堵《あんど》と喜びと、もっと早く教えてくれたら良かったのにという若干《じゃっかん》の怒《いか》りと、いろんな感情がないまぜになって混乱する。魅了がとけていたということは、魅了によるものだと思っていたこれまでの言葉も、彼の本音ということか。

(じゃああの夜、愛してるって言ったのも、本当のゼルさんの……)

かあっと顔が熱くなり、顔を見られたくなくて席を下りる。

「あの、私、少し混乱して……部屋に戻《もど》りますね」

そう言って部屋を出ようとしたのだが、扉《とびら》のドアノブに手をかけたところで、後ろから伸《の》びてきた手が扉を押さえた。

「……怒《おこ》ってる？」

彼の口調が変わって、ドキッとする。メノウが目を合わせないようにしたために、彼はメノウが怒ったと捉《とら》えたらしい。

「いえ……そういうわけでは」

振り向かずにいると、耳元に彼が口を寄せる気配があった。

「なら、また一人になるつもり？」

驚《おどろ》いて振り返ると、悲しげな青い瞳《ひとみ》とぶつかった。ひるんで壁《かべ》に背がつくと、左の手首を摑《つか》まれる。

「あ、あの……？　一人になるって……？」

「城で目覚めた日も、監獄塔《かんごくとう》へ向かった時も、俺たちと別れて一人になろうとした」

まさか目覚めた初日のことまで言及《げんきゅう》されるとは思わず、動揺《どうよう》してうろたえると、彼が問い詰《つ》めるように言葉を重ねた。

「最近思い悩《なや》んでるのは、俺たちといつ別れるかを考えてるから？」

思わず目を見開く。悩んでいた内容は違うにしろ、思い悩んでいることまで見抜《みぬ》かれているとは思わなかった。

メノウが驚いたのを見て、図星だと勘違《かんちが》いしたのだろう。手首を掴む腕《うで》に力が込められ、彼の顔が苦しげに歪《ゆが》む。

「なぜ……どうして。ロザリアから助け出されて、あなたの命を守りきった時……確かに、心が通じたように感じたのに。一緒《いっしょ》にいたいと……メノウも同じ気持ちでいてくれたのだと、そう……」

彼の震える手が、壊れ物を扱《あつか》うかのようにメノウの頬《ほお》に触《ふ》れる。

これまでも、彼に気持ちを伝えられることはあった。それでも、これが魅了《みりょう》によるものではないのだと思った瞬間《しゅんかん》、急激に頬が熱を持った。

整いすぎた顔に、耳に響《ひび》く綺麗《きれい》な声。せつなげに寄せられる眉《まゆ》が、メノウの心を鷲掴《わしづか》みにする。

「ゼ、ゼルさ……ちょっと、距離《きょり》を……」

「嫌《いや》だ」

メノウの反応を拒絶と受け取ったのか、腕を引かれて抱《だ》きしめられる。

「メノウと離れるなんて、考えたくもない」

「――――」

心臓がバクバクする。頬は熱いし、呼吸がしづらい。このまま息が止まるのではないかと思い彼の胸に手を置いたが、力を込めても距離を置くことはできず、逆に拘束する力が強まった。

「あ、あの……別に、一人になろうとなんかしてないので！」

「……」

「本当に！　ですからどうか、話を聞いてください」

ようやく手が緩《ゆる》んで彼の腕の中から抜《ぬ》け出すと、めちゃくちゃ真っ赤になっているであろう顔を見られた。もはや仕方がない。顔をそらし続けたら、彼は拒絶だと受け取り続けるだろう。

「その……正直に言えば、長い眠《ねむ》りから覚めてすぐは、いろいろ思うところがあったんですけど……今はもう、その……父とか……ヴィヴィとかと……一緒にいたいなって思ってます」

目の前のゼルの名前は恥《は》ずかしくて口にできなかった。

「なら、何を悩んでいたのですか？」

メノウの言葉にひとまず落ち着いたのか、彼は不服そうながらも、メノウに触れることはなくその場に留《とど》まってくれている。

「その……城に戻って、自分の居場所を見つけられるのかなって」

「え？」

「ヴィシュタントに近づけば近づくほど、自分の無力さを思い出して……」

そもそも、メノウの意識はいまだ人間に近い。魔族《まぞく》としての常識もすぐには思い出せない間は、また周囲に不審《ふしん》な目を向けられるだろう。そしてそれを撥《は》ね返す力が、自分にはまだない。

「無力？　あの状況《じょうきょう》で私を助け出したあなたが何を」

「あの時は夢中だったし……それにあれは、父やヴィヴィの助けや、ゼルさん自身の力があってこそですから。だけど……城に戻れば、ロザリアの件が私の力が発端《ほったん》だと知って、怒る人もいるだろうなあとか……もし許されたとしても、文字すら知らなかった私が父やヴィヴィの力になれるのかなとか……いろいろ考えてしまって」

ババロアやヴィヴィは事態の収束のため、これから忙《いそが》しくなるだろう。力になりたいとは思うけれど、はたして自分で彼らの助けになれるのだろうか。

「……………そんなこと……でしたか……」

そんなことと言われ、ムッとして彼を見上げる。

「ゼルさんみたいになんでもできる人にとっては、そんなこと、かもしれませんけど。みんなの力になって、必要とされて、自分の居場所だって思える場所が欲しいんです。おかしなことですか？」

メノウが怒ったのを感じ取ってか、ゼルが慌《あわ》てる。

「とんでもない。大変、メノウ様らしく……そうですね。とても、愛《いと》おしく思います」

「……」

再度思いをさらっと告げられ、落ち着き始めていた頬が再び熱を持つ。

「ですが、魔王《まおう》様と、ヴィヴィですか……」

さみしそうな声に、不思議に思って彼を見る。

「いいえ。いずれ私も、そう思っていただけるよう……精進《しょうじん》します」

メノウはようやく気がついた。彼が不安がる理由。彼はこれだけ一緒にいたいと言ってくれているのに、メノウはただの一言も返していないのだ。

(私、ゼルさんに甘えてばかりで……)

彼の力を散々借りて、助けられていながら、お礼以外の言葉を返してもいないなんて。

「あの……ゼルさん」

「はい」

「そ、その……これまでのこと、本当にありがとうございました。私だけじゃなくて……私が大切に思う人のことまで、助けてくれて」

ゼルが眉をひそめる。確かにこれではまるで別れの言葉だと思い、慌てて言葉を足す。

「その、ゼルさんがいないと、私ぜんぜんダメだなと思って……だからその、城に戻ってからも……私を、助けてくれませんか？」

「え？」

　ゼルが目を見開く。

「父の役に立ちたいんです。上級魔族としての義務も果たしていきたいですし……でもあの、文字すら読めなかったくらいですから……一緒にいて、教えてくれると、嬉《うれ》しいんですけど……」

「――それは……今後、私とずっと一緒にいてくださるという意味でしょうか」

「ず、ずっとかは分からないですけど！　ええっと、でもその、しばらくの間は……私と、一緒にいてくれませんか……？」

　慎重《しんちょう》なメノウの言葉らしいと思ったのか、彼が笑う。その顔はどこか泣きそうにも見えた。

「メノウ様から望まれるのは、初めてですね」

　彼がメノウの片手を持ち上げ、手の甲《こう》にキスを落とす。メノウを見つめる彼の瞳が、ころなしかうるんで見えた。

「……ロザリアに捕《と》らえられ死を覚悟《かくご》した時、もう一度あなたに会えたらと……共に時を刻めたらと、そればかりを考えておりました。今後もあなたのおそばにいられるのなら、これ以上の幸せはございません」

「ゼルさん……」

ロザリアにゼルがさらわれた時、メノウも同じ気持ちだった。そして、ゼルを取り返すためなら、どんなことだって、なんだってできると思ったのだ。

「ぜひ、おそばに置いてください。必ずお役に立ちます」

彼の笑顔《えがお》に、胸が苦しくなる。

一人でいられたらそれが平和など、とんでもない勘違いだった。美咲として死にかけた時にあれほどの虚無感《きよむかん》を抱《いだ》いたのは、自分の死を泣いてくれる人がいなかったからではない。誰《だれ》かとの繫《つな》がりを一つも思い出せない、大切な人が思い出せない、そんな死に様が悲しかったのだ。

ババロアもヴィヴィもゼルも、心から大切な人だ。今なら確信を持って言える。

彼らが笑顔でいてくれたらいい。彼らと共に笑えていれば、それがメノウにとっての幸せで、平和な時だ。

「あの……こちらこそ。どうぞ、これからよろしくお願いします。ゼルさん」

メノウがそう告げると、ゼルは心から嬉しそうにほほ笑んだ。

あとがき

はじめまして。三浦《みうら》まきと申します。

本書をお手にとっていただき、ありがとうございます。

本作の執筆《しっぴつ》とちょうど同じ時、せつないダークなアプリを作っていて、その反動か、明るく楽しいラブコメを書きたい！　と思い、『魅了《みりょう》』のスキルを持った女の子の話をとても楽しく書かせていただきました。

読者様に、魔族《まぞく》間の一風変わった恋物語《こいものがたり》を楽しんでいただけたら幸いです。

なお、この作品の刊行は、たくさんの方のお力を借りて実現することができました。

刊行に至る機会をくださった方々、刊行に携《たずさ》わった方々に、この場をお借りして感謝申し上げます。

はじめに、イラストレーターの横山《よこやま》もよ様、どのキャラクターも魅力《みりょく》的に描《えが》いていただき、本当にありがとうございます。愛らしいメノウとかっこいいゼルのラフを拝見し、表紙や挿絵《さしえ》の完成が楽しみで楽しみで仕方がなかったです。

また、査閲《さえつ》くださった編集長、そして校閲《こうえつ》くださった校閲者の方、最後まで一緒《いっしょ》に駆《か》け抜《ぬ》けていただいた担当者様に、心より感謝申し上げます。

最後に、本書をお手にとっていただいたみなさま。今後も精進して参りますので、引き続きお付き合いいただけましたら幸いです。

それでは、またみなさまにお会いできることを願って。

三浦まき

「転生したら魔王の娘 うっかり最凶魔族をスキルで魅了しちゃって甘すぎる溺愛から逃げられません！」の感想をお寄せください。
おたよりのあて先
〒102-8177 東京都千代田区富士見2-13-3
株式会社KADOKAWA 角川ビーンズ文庫編集部気付
「三浦まき」先生・「横山もよ」先生
また、編集部へのご意見ご希望は、同じ住所で「ビーンズ文庫編集部」
までお寄せください。

転生《てんせい》したら魔王《まおう》の娘《むすめ》
うっかり最凶《さいきょう》魔族《まぞく》をスキルで魅了《みりょう》しちゃって甘《あま》すぎる溺愛《できあい》から逃《に》げられません！

三浦《みうら》まき

角川ビーンズ文庫 23798

令和6年7月1日 初版発行

発行者――――山下直久
発　行――――株式会社KADOKAWA
〒102-8177 東京都千代田区富士見2-13-3
電話 0570-002-301（ナビダイヤル）
印刷所――――株式会社暁印刷
製本所――――本間製本株式会社
装幀者――――micro fish

ISBN978-4-04-114058-1 C0193 定価はカバーに表示してあります。